# Auf den Pfaden der Liebe

## Gay Romance Sammelband

Alisa Kervano

© 2024
likeletters Verlag
Inh. Martina Meister
Legesweg 10
63762 Großostheim
www.likeletters.de
info@likeletters.de



Autorin: Alisa Kervano
Bildquelle: Midjourney

ISBN: 9783946585909

Teilweise kam für dieses Buch künstliche Intelligenz zum Einsatz.

# Inhaltsverzeichnis

# Kurt und Liam
# Gegen alle Hürden

# Kapitel 1

Kurt stand vor dem großen Spiegel in seinem Apartment und richtete seinen Schlips. Die Reflexion zeigte einen jungen Mann, dessen äußeres Erscheinungsbild Stärke und Zuversicht ausstrahlte.

Sein dunkelblauer Anzug war makellos, jedes Detail sorgfältig bedacht. Doch seine grünen Augen verrieten eine Spur von Nervosität. Heute Abend war nicht irgendein Abend. Die Kanzlei, bei der er arbeitete, sponserte ein großes Charity-Event, und Kurt hatte die ehrenvolle, aber auch herausfordernde Aufgabe erhalten, einen Teil des Abends zu koordinieren.

«Du schaffst das, Kurt. Du hast alles bis ins kleinste Detail geplant», murmelte er sich selbst zu, versuchte, die flatternden Schmetterlinge in seinem Magen zu beruhigen.

Kurz darauf klingelte sein Smartphone. Es war Lena, seine beste Freundin und Kollegin.

«Bist du bereit?»

«So bereit, wie ich eben sein kann», antwortete Kurt, sein Blick noch immer auf sein Spiegelbild gerichtet.

Lena lachte.

«Du wirst brillieren, Kurt. Dieser Abend wird ein voller Erfolg. Und wer weiß, vielleicht triffst du ja auch jemanden Interessanten.»

Kurt seufzte. «Lena, du weißt, dass ich nicht… »

«Ich weiß, ich weiß», unterbrach sie ihn. «Aber es schadet nicht, offen zu sein, Kurt. Du bist jung, erfolgreich und unglaublich gut aussehend. Erlaube dir ein wenig Spaß.»

Er konnte nicht anders als zu lächeln. Lena hatte die Gabe, ihn aufzumuntern, egal wie angespannt die Situation war. «Danke, Lena. Ich werde mein Bestes geben.»

Während Kurt sein Apartment verließ, fühlte er sich ein wenig leichter. Lena hatte recht. Er hatte hart gearbeitet, und dieser Abend war eine Gelegenheit, die Früchte seiner Arbeit zu ernten. Doch tief in seinem Inneren wusste er, dass nicht nur der Erfolg des Abends auf dem Spiel stand.

Er sehnte sich nach einer Veränderung in seinem Leben, etwas, das die monotonen Tage und Nächte durchbrechen konnte. Er war sich nur nicht sicher, was das sein könnte oder ob er bereit dafür war.

Als er in der Limousine saß, die ihn zum Veranstaltungsort bringen sollte, ließ er seinen Blick durch die beleuchteten Straßen gleiten. Die Stadt lebte, pulsierte, und irgendwo dort draußen befand sich vielleicht das fehlende Puzzleteil seines Lebens. Er konnte nur hoffen, dass der Abend Antworten bringen würde.

Liam starrte aus dem Fenster seines

Hotelzimmers auf die funkelnde Skyline. Er war weit gereist, hatte zahlreiche Städte gesehen, doch jede hatte ihre eigene Energie, ihre eigene Geschichte.

Heute Abend war er in dieser Metropole nicht für einen waghalsigen Stunt, sondern als Ehrengast bei einem Charity-Event. Ein Teil von ihm freute sich auf die Abwechslung, ein anderer Teil begehrte jedoch gegen die steife Atmosphäre solcher Veranstaltungen auf.

Seine Gedanken wurden unterbrochen, als sein Handy klingelte. Es war Tom, sein Bruder und Manager. «Bist du bereit für heute Abend?», fragte Tom.

Liam griff nach seinem Jackett. «So bereit, wie ich eben sein kann. Du weißt, dass das nicht mein übliches Terrain ist.»

Tom lachte.

«Das ist genau der Grund, warum du dort sein solltest, Liam. Es ist gut, dass die Leute sehen, dass du mehr bist als nur ein Adrenalin-Junkie. Zeige ihnen den charismatischen, intelligenten Liam, den ich kenne.»

Liam lächelte. Toms Vertrauen in ihn war unerschütterlich. «Ich werde mein Bestes geben. Wer weiß, vielleicht ergeben sich ja neue Sponsoring-Möglichkeiten.»

«Genau darum geht es», bestätigte Tom. «Ich sehe dich später dort. Pass auf dich auf, Bruder.»

Nachdem er aufgelegt hatte, warf Liam einen letzten Blick in den Spiegel. Sein Outfit war lässig, aber stilvoll - eine gekonnte Mischung aus Respekt für den Anlass und seiner eigenen Persönlichkeit. Er war bereit, sich den Herausforderungen des Abends zu stellen.

Als Liam die Halle betrat, spürte er sofort die veränderte Atmosphäre. Die Menschen hier waren anders als jene, die er bei seinen sportlichen Veranstaltungen traf. Sie schienen distanzierter, formeller, ihre Gespräche waren geprägt von Geschäftsbeziehungen und gesellschaftlichem Ansehen. Er fühlte sich wie ein Fremdkörper in dieser Welt, doch er war entschlossen, das Beste daraus zu machen.

Er schüttelte Hände, lächelte, wechselte einige Worte, doch sein Sinn für Abenteuer und Freiheit schien hier fehl am Platz. Dann, fast wie ein Blitz aus heiterem Himmel, traf sein Blick auf Kurt. Liam konnte nicht genau sagen, was ihn an dem Mann in dem perfekt sitzenden Anzug faszinierte. Vielleicht war es die Art, wie er sich bewegte, eine Mischung aus Selbstsicherheit und einer gewissen Zurückhaltung, oder vielleicht war es der intensive Blick, der kurz über die Menge glitt und dann auf ihm ruhte.

In diesem Moment wusste Liam, dass dieser Abend doch interessanter werden könnte, als er angenommen hatte. Er machte sich auf den Weg zu Kurt, bereit für eine Begegnung, die möglicherweise sein Weltbild erweitern würde.

Als er Kurt erreichte, spürte Liam eine seltsame Mischung aus Nervosität und Erwartung. «Guten Abend», begann er, seine Stimme ruhig, aber bestimmt. «Ich bin Liam.»

Kurt drehte sich zu ihm um, ein leicht überraschter Ausdruck in seinen Augen. «Kurt», erwiderte er. Ihre Hände trafen sich in einem festen Händedruck, und für einen Moment schien die Welt um sie herum stillzustehen.

Das Gespräch zwischen Kurt und Liam begann höflich und oberflächlich, wie es bei solchen Anlässen üblich ist. Sie tauschten einige Floskeln über das Event aus, die Organisation, die es unterstützte, und wie wichtig solche Veranstaltungen für die Gemeinschaft sind. Doch unter der höflichen Fassade brodelte es. Beide Männer spürten eine untergründige Spannung, eine Mischung aus Neugier und einem Hauch von Herausforderung.

Kurt war der Erste, der die Oberflächlichkeit durchbrach. «Ich muss zugeben, dass ich nicht viel über Extremsport weiß», gestand er, seine Stimme ruhig, aber sein Blick fest auf Liam gerichtet. «Aber ich bewundere den Mut und die Entschlossenheit, die Menschen wie du an den Tag legen müssen.»

Liam lächelte, etwas von seiner anfänglichen Zurückhaltung ablegend. «Und ich weiß wenig über die Welt der Rechtsanwälte», erwiderte er. «Aber ich schätze, es erfordert auch eine Art von Mut, sich den täglichen Herausforderungen zu stellen, die in einem solchen Beruf auf einen zukommen.»

Liam lehnte sich leicht zurück.

«Weißt du, Kurt, ich habe immer gedacht, dass eure Welt – die der

Anwälte, meine ich – ziemlich starr und vorhersehbar ist. Alles folgt einem bestimmten Muster, einer Struktur.»

Kurt hob eine Augenbraue, ein wenig überrascht über die Direktheit. «Starr und vorhersehbar? Das könnte man doch genauso über den Extremsport sagen. Immer auf der Suche nach dem nächsten Adrenalinrausch, ohne jemals wirklich zur Ruhe zu kommen.»

«Aber genau da liegt der Reiz», entgegnete Liam schnell, sein Lächeln wurde breiter, doch seine Augen blitzten herausfordernd. «Im Extremsport muss man flexibel sein, anpassungsfähig. Keine zwei Sprünge sind gleich. Du planst, bereitest dich vor, und doch muss im entscheidenden Moment alles instinktiv kommen.»

Kurt nickte langsam, sein Blick fest auf Liam gerichtet. «Verstehe. Aber vergiss nicht, dass auch in der Rechtswelt Flexibilität und Anpassungsfähigkeit gefragt sind. Die Gesetze ändern sich, die Gesellschaft entwickelt sich weiter. Was du als Starrheit siehst, ist in Wahrheit Beständigkeit – eine Grundlage, auf der wir aufbauen können.»

«Beständigkeit», wiederholte Liam nachdenklich. «Ist das nicht nur ein anderes Wort für Stillstand?»

Kurt schüttelte den Kopf.

«Nein, es ist das Fundament für Wachstum. Ohne eine solide Basis kann nichts Beständiges geschaffen werden. Im Leben wie im Beruf.»

Liam sah Kurt einen Moment lang an, als würde er ihn zum ersten Mal wirklich sehen. «Ich glaube, ich verstehe, was du meinst. Aber glaubst du nicht, dass manchmal diese Strukturen das Wachstum einschränken können? Dass sie uns davon abhalten, über den Tellerrand zu blicken?»

«Ein interessanter Punkt. Aber ich sehe die Strukturen nicht als Einschränkung, sondern als Leitplanken. Sie bieten Sicherheit, damit wir uns trauen, weiter zu gehen.»

«Leitplanken, hm?» Liam lehnte sich vor, seine anfängliche Reserviertheit gegenüber Kurt schwand. «Ich kann sehen, dass du wirklich an das glaubst, was du tust. Und ich respektiere das. Vielleicht sind unsere Welten gar nicht so verschieden, wie ich dachte.»

Kurt konnte nicht umhin, Liams offenen Blick zu erwidern. «Vielleicht hast du Recht. Im Kern geht es uns beiden darum, unsere Grenzen zu testen, auf unsere Art.»

Für einen Moment herrschte Stille zwischen ihnen, eine Stille, die mehr von gegenseitigem Respekt und einem neuen Verständnis füreinander geprägt war als von den vorherigen Spannungen.

Liam brach das Schweigen mit einem schiefen Grinsen. «Siehst du, und ich dachte, ich könnte keinen Anwalt leiden.»

Kurt lachte leise.

«Und ich dachte, Extremsportler wären alle Hitzköpfe.»

# Kapitel 2

An einem sonnigen Samstagmorgen beschloss Kurt, dem geschäftigen Treiben seiner Wohnung und den endlosen Arbeits-E-Mails zu entkommen. Er suchte nach einem ruhigen Ort, an dem er sich entspannen und seine Gedanken ordnen konnte. Ein kleines, abgelegenes Café in der Nähe des Parks schien der perfekte Zufluchtsort zu sein. Es war bekannt für seinen hervorragenden Kaffee und die ruhige Atmosphäre, ideal für jemanden, der eine Auszeit von der Hektik des Alltags brauchte.

Als er das Café betrat, erfasste sein Blick unwillkürlich die Anwesenden. Zu seiner Überraschung entdeckte er Liam, der an einem der Fenstertische saß, vertieft in ein Buch. Für einen Moment zögerte Kurt, unsicher, ob er stören sollte. Doch Liams aufblickende

Augen trafen seine, und ein warmes Lächeln breitete sich auf Liams Gesicht aus.

«Kurt!», rief Liam, sichtlich erfreut über die unerwartete Begegnung. «Das ist ja eine Überraschung. Komm, setz dich!»

Kurt fühlte sich trotz seines anfänglichen Zögerns von Liams herzlicher Einladung ermutigt und nahm am Tisch Platz. «Ich wollte eigentlich nur einen Kaffee trinken und ein wenig abschalten», erklärte Kurt, während er sich setzte.

«Dann bist du hier genau richtig», entgegnete Liam. «Dieser Ort ist mein kleines Refugium. Der Kaffee ist ausgezeichnet, und die Ruhe hier ist genau das Richtige, um den Kopf frei zu bekommen.»

«Weißt du», begann Kurt, während sie auf ihre Getränke warteten, «ich hätte nie gedacht, dass ich hier, in diesem Café, enden würde, um über mein Leben zu sprechen. Und doch fühlt es sich irgendwie richtig an.»

Liam lächelte, seine Augen funkelten vor Interesse. «Das Leben ist voller Überraschungen. Erzähl mir von deiner Arbeit. Wie ist es, ein Anwalt zu sein?»

Kurt seufzte leicht. «Es ist… intensiv. Die Arbeit nimmt viel Raum in meinem Leben ein. Es gibt immer Fristen, immer Druck. Aber es gibt mir auch ein Gefühl von Zweck. Ich helfe Menschen, ihre Rechte zu schützen, und das ist lohnend.»

«Das klingt nach einer großen Verantwortung», bemerkte Liam anerkennend. «Aber erzähl mir, hast du jemals das Bedürfnis, auszubrechen? Etwas Verrücktes zu tun?»

Kurt lachte.

«Ständig. Aber dann erinnere ich mich an meine Verpflichtungen und… na ja, ich bleibe auf meinem vorgezeichneten Weg.»

Liam nickte.

«Ich verstehe. Aber manchmal ist es genau das Verrückte, das Leben interessant macht. Wie bei mir. Jede Expedition ist ein Sprung ins Unbekannte.»

Kurts Neugier war geweckt. «Das klingt unglaublich. Kannst du mir von einer deiner Expeditionen erzählen?»

«Klar», sagte Liam und lehnte sich zurück. «Es gab diese eine Zeit in den Anden. Wir waren auf einem kaum erforschten Pfad unterwegs, umgeben von der atemberaubenden Natur. Es war gefährlich, ja, aber das Gefühl der Freiheit, die reine Schönheit der Welt zu erleben… es ist unbeschreiblich.»

Kurt hing geradezu an Liams Lippen.

«Das muss ein erstaunliches Gefühl sein. Ich kann mir kaum vorstellen, so etwas zu tun.»

«Es ist nicht für jeden», gab Liam zu. «Aber es lehrt dich so viel über dich selbst und darüber, was im Leben wirklich zählt. Ich schätze, auf unsere eigene

Weise suchen wir beide nach Bedeutung und Zweck.»

«Ja, das stimmt wohl», stimmte Kurt nachdenklich zu. «Ich bewundere deinen Mut, diesen Pfad zu wählen. Es erfordert viel, sich seinen Ängsten zu stellen.»

Liam lächelte sanft.

«Und ich bewundere deine Entschlossenheit und dein Engagement für deine Arbeit. Es erfordert eine andere Art von Stärke, Tag für Tag das zu tun.»

In diesem Moment brachte der Kellner ihre Getränke, und das Gespräch machte eine Pause, als sie beide einen Schluck nahmen. Als sie weitersprachen, fühlten sie eine tiefere Verbindung, ein gegenseitiges Verständnis, das über die Oberfläche hinausging.

«Danke, dass du mir von deinen Abenteuern erzählt hast, Liam», sagte Kurt.

«Und danke, dass du mir von deinem Leben erzählt hast», erwiderte Liam.

«Es ist schön, zu wissen, dass es da draußen jemanden gibt, der trotz der Unterschiede ähnliche Werte teilt.»

In diesem Moment fühlten sich beide Männer, als hätten sie in der Gesellschaft des anderen etwas Wertvolles gefunden – eine selten erlebte Offenheit und Verbindung.

Nachdem sie ausgetrunken hatten, standen Kurt und Liam auf, bereit, den Tag zusammen zu verbringen. Die Sonne stand hoch am Himmel und tauchte die Stadt in ein warmes Licht, das die Straßen und Gebäude in einladenden Farben erstrahlen ließ.

«Ich kenne da einen großartigen Ort, nicht weit von hier. Es ist ein versteckter Garten mitten in der Stadt. Die meisten Leute wissen nichts davon. Hast du Lust, ihn zu sehen?», fragte Liam, während sie das Café verließen.

Kurt nickte, erfreut über die Aussicht, etwas Neues zu entdecken.

«Das klingt perfekt. Ich liebe Orte, die

abseits der ausgetretenen Pfade liegen.»

Während sie durch die belebten Straßen schlenderten, führten sie eine rege Unterhaltung. Jeder Schritt führte sie nicht nur physisch, sondern auch emotional näher zusammen. Liam teilte Geschichten von seinen Reisen, von den Menschen, die er getroffen hatte, und den Lektionen, die er unterwegs gelernt hatte.

Kurt seinerseits, öffnete sich über seine Leidenschaft für die Kunst und die Geschichte, über die Bücher, die sein Denken geformt hatten, und über die kleinen Momente im Leben, die ihn tief berührten. Es war, als würden sie gemeinsam eine Brücke bauen, Stück für Stück, Wort für Wort.

Als sie den versteckten Garten erreichten, waren beide Männer von der Ruhe und Schönheit des Ortes überrascht. Umgeben von hohen Mauern, bot der Garten eine Oase der Stille, weit entfernt vom Lärm der

Stadt. Sie schlenderten zwischen den Blumenbeeten und alten Bäumen umher, ließen sich auf einer abgelegenen Bank nieder und ließen die Atmosphäre auf sich wirken.

«Dieser Ort ist unglaublich», sagte Kurt, während er die Szenerie in sich aufnahm. «Es fühlt sich an, als wäre man in einer anderen Welt.»

«Ja», stimmte Liam zu. «Ich komme oft hierher, um nachzudenken oder einfach nur, um dem Trubel zu entfliehen. Es ist wie ein kleines Geheimnis, das nur wenige kennen.»

Sie sprachen über die Bedeutung von Zufluchtsorten im Leben, über die Orte, an denen sie sich sicher und verstanden fühlten. Kurt fühlte, wie sich eine tiefe Verbundenheit zwischen ihnen aufbaute, eine seltene Harmonie, die er nur mit wenigen Menschen erlebt hatte.

Nachdem sie eine Weile im Garten verbracht hatten, schlug Liam vor, weiterzuziehen.

«Es gibt noch so viel mehr, das ich dir zeigen möchte. Bist du bereit für das nächste Abenteuer?»

Kurt lächelte, begeistert von der Aussicht, den Tag mit Liam zu verbringen. «Definitiv. Führe mich, wohin du willst.»

Der Nachmittag neigte sich dem Ende zu, als Kurt und Liam durch die belebten Straßen zurück in die vertrautere Umgebung der Stadtmitte schlenderten. Die Leichtigkeit des Tages begann, einer subtilen Spannung zu weichen, als sie sich der Realität ihrer jeweiligen Welten wieder bewusst wurden.

Die unbeschwerte Zeit, die sie miteinander verbracht hatten, stand in krassem Gegensatz zu den Erwartungen und Verpflichtungen, die auf ihnen lasteten.

«Ich sollte wohl langsam zurück», sagte Kurt, ein Hauch von Zögern in seiner Stimme. «Montag wartet eine wichtige Besprechung auf mich, und ich…» Er brach ab, unsicher, wie er seine plötzlich aufkeimenden Bedenken ausdrücken sollte.

Liam blickte ihn verständnisvoll an. «Ich verstehe. Wir leben in unterschiedlichen Welten, nicht wahr?» Seine Stimme war sanft, doch in seinen Augen lag ein Anflug von Melancholie.

Kurt nickte, getroffen von der Wahrheit in Liams Worten. «Es ist seltsam. Heute hat es sich angefühlt, als ob… als ob all das keine Rolle spielen würde. Aber die Realität ist nie weit entfernt, oder?»

«Vielleicht», erwiderte Liam nachdenklich. «Aber ich glaube, es sind die Momente wie diese, die das Leben lebenswert machen. Die Realität ist immer da, aber das bedeutet nicht, dass wir uns nicht ab und zu davon stehlen können.»

Kurt musste lächeln. «Du hast recht. Heute war… etwas Besonderes.»

Als sie an einer belebten Straßenecke stehenblieben, spürten beide die Unausweichlichkeit des Abschieds. Doch bevor sie sich trennten, wandte sich Liam an Kurt mit einem Vorschlag, der von einer unerwarteten Entschlossenheit zeugte.

«Hör zu, Kurt, ich möchte, dass dieser Tag nicht nur eine flüchtige Erinnerung wird. Ich…», er zögerte, suchte nach den richtigen Worten. «Ich möchte dich wiedersehen. Trotz unserer unterschiedlichen Welten oder vielleicht gerade deswegen.»

Kurt spürte, wie sein Herz einen Schlag aussetzte. Die Aussicht, Liam wiederzusehen, entfachte eine Wärme in ihm, die er nicht ignorieren konnte. «Ich würde das auch wollen», gab er leise zu, von der Intensität des Moments überwältigt.

Sie tauschten einen Blick aus, der mehr sagte, als Worte es je könnten. Es war ein Versprechen, sich nicht von den

Zwängen ihrer Realität definieren zu lassen, zumindest nicht vollständig.

Als sie sich schließlich verabschiedeten, fühlte sich der Abschied eher wie ein Aufschub an, eine Pause in einem Gespräch, das sie zu einem anderen Zeitpunkt fortsetzen würden.

Auf dem Weg nach Hause ließ Kurt die Ereignisse des Tages Revue passieren. Die Begegnung mit Liam hatte ihn an Orte geführt, sowohl physisch als auch emotional, die er lange vermieden hatte. Es war eine Erinnerung daran, dass das Leben unvorhersehbar und voller Überraschungen war. Und vielleicht, nur vielleicht, war es an der Zeit, dass er begann, diese Unvorhersehbarkeit zu umarmen.

Einige Tage vergingen nach ihrem unerwarteten Abenteuer, Tage, in denen Kurt und Liam jeweils in ihre Routinen zurückkehrten. Doch die Erinnerung an den gemeinsamen Tag und die darauf folgenden Worte ließen sie nicht los. Es war ein Schwebezustand, in dem beide über den nächsten Schritt nachdachten, hin- und hergerissen zwischen dem Wunsch, die Verbindung zu vertiefen, und der Unsicherheit, wie sie in ihre jeweiligen Lebensrealitäten passen könnte.

Es war Liam, der den ersten Schritt machte. Eine kurze, aber bedeutungsvolle Nachricht: «Wollen wir uns wieder treffen? Ich kann nicht aufhören, über unseren Tag nachzudenken.»

Kurt betrachtete die Nachricht lange, bevor er antwortete.

Ein Teil von ihm wollte nichts mehr, als Ja zu sagen, sich wieder in die Leichtigkeit und Offenheit zu stürzen, die er mit Liam erlebt hatte. Ein anderer Teil zögerte, bedacht auf die Komplexität, die eine tiefere Verbindung mit sich bringen könnte.

Letztendlich überwog der Wunsch, das Unbekannte zu erkunden, seine

Bedenken. «Ja, ich auch. Lass uns treffen.»

Ihr Wiedersehen fand in einem kleinen Restaurant statt, einem Ort, der genug Privatsphäre bot, um ein ernstes Gespräch zu führen. Die anfängliche Begrüßung war von einer vertrauten Wärme geprägt, doch lag eine gewisse Anspannung in der Luft, als sie sich setzten.

«Ich bin froh, dass wir uns wiedersehen», begann Liam, seine Worte sorgfältig wählend. «Aber ich muss zugeben, dass ich seit unserem letzten Treffen viel nachgedacht habe. Über uns.»

Kurt nickte, ebenso nachdenklich.

«Ich auch. Es fühlt sich an, als hätten wir eine Tür geöffnet, ohne zu wissen, was dahinter liegt.»

«Genau», stimmte Liam zu. «Und ich frage mich… was suchst du, Kurt? Was erhoffst du dir von… diesem Weg, den wir vielleicht gemeinsam gehen könnten?»

Die Direktheit der Frage traf Kurt unvorbereitet, zwang ihn jedoch, sich seinen eigenen Gefühlen zu stellen. «Ich weiß es nicht genau», gestand er. «Ich weiß nur, dass ich mich bei dir auf eine Art und Weise öffnen kann, wie ich es lange nicht getan habe. Es fühlt sich richtig an, bei dir zu sein, auch wenn ich nicht sicher bin, wohin das führt.»

Liam hörte aufmerksam zu.

«Ich fühle ähnlich. Es gibt eine Verbindung zwischen uns, die ich nicht ignorieren möchte. Aber ich möchte auch ehrlich sein – ich weiß, dass unsere Welten sehr unterschiedlich sind. Ich möchte nicht, dass du dich wegen mir in eine schwierige Lage bringst.»

Kurt betrachtete Liam, berührt von seiner Rücksichtnahme. «Das schätze ich an dir, Liam. Aber ich denke, es ist an der Zeit, dass ich aufhöre, mich hinter meinen Ängsten zu verstecken.

Ich möchte sehen, wohin das führt, mit dir.»

Die Entscheidung, sich diesem neuen Kapitel zu öffnen, war nicht leichtfertig getroffen. Beide Männer waren sich der Herausforderungen bewusst, die vor ihnen lagen.

Doch in diesem Moment, in dem sie hier gegenüber voneinander saßen, fühlten sie eine tiefe Verbundenheit, die stark genug schien, um die Unsicherheit zu überwinden.

«Dann lass uns das zusammen herausfinden», sagte Liam, seine Hand ausstreckend.

Kurt nahm sie, ein symbolischer Akt der Verbundenheit und des gemeinsamen Vorwärtsgehens. Was auch immer die Zukunft bringen mochte, sie waren bereit, ihr gemeinsam zu begegnen.

# Kapitel 3

Als die neue Woche begann, fand sich Kurt in dem vertrauten Rhythmus seiner Arbeit wieder, der jedoch durch die Gedanken an Liam und das vergangene Wochenende unterbrochen wurde. Die Erinnerungen an ihre gemeinsame Zeit wirkten wie ein Kontrastmittel zu den sterilen Wänden der Kanzlei, in der er sich befand.

Lena bemerkte die Veränderung in Kurt fast sofort. Als sie eines Morgens eine Kaffeepause machten, konnte sie nicht umhin, ihn darauf anzusprechen.

«Du wirkst abgelenkt», bemerkte sie, während sie einen vorsichtigen Schluck ihres Kaffees nahm. «Ist alles in Ordnung?»

Kurt zögerte einen Moment, bevor er antwortete. Die Vertrautheit und das Verständnis, das Lena ihm immer entgegengebracht hatte, machten es ihm leichter, sich zu öffnen.

«Ich habe jemanden kennengelernt», gestand er schließlich.

Lena, überrascht aber erfreut über diese Neuigkeit, lächelte. «Das klingt ja spannend. Erzähl mir mehr.»

Kurt zögerte kurz, bevor er tief durchatmete. Es war wahr, er hatte mit Lena nie explizit über seine Homosexualität gesprochen. Ihre Freundschaft hatte sich immer um ihre Karrieren, persönliche Ziele und gelegentliche Beziehungsdramen gedreht, ohne je tief in Kurts persönliches Liebesleben einzutauchen. Doch jetzt fühlte sich das Verschweigen dieser Wahrheit an wie eine Lüge.

«Ich weiß, dass wir nie wirklich darüber gesprochen haben… über meine… Neigungen», begann Kurt, wobei er spürte, wie sein Herz schneller schlug. «Aber Liam, er ist… er ist ein Mann.»

Lena, deren Hand immer noch auf seiner ruhte, zog nicht zurück. Stattdessen schenkte sie ihm ein warmes, verständnisvolles Lächeln. «Kurt, ich bin deine Freundin. Ich möchte, dass du glücklich bist. Und wer auch immer dir dieses Glück bringt, männlich oder weiblich, spielt keine Rolle. Ich bin hier, um dich zu unterstützen.»

Die Erleichterung, die Kurt empfand, war überwältigend.

«Danke, Lena», sagte er. «Es ist nur… alles ist so neu und gleichzeitig beängstigend. Liam ist unglaublich. Er lebt sein Leben so frei und ungebunden. Und irgendwie… zieht er mich aus meiner eigenen Schale.»

Lena nickte, ihre Augen funkelten vor Interesse. «Erzähl mir von ihm. Wie habt ihr euch kennengelernt?»

Kurt lächelte bei der Erinnerung. «Ganz unerwartet, bei unserem Charity-Event. Wir… wir haben nicht den besten Start gehabt, aber irgendwie hat das nur dazu geführt, dass wir uns noch mehr anzogen. Er ist anders als jeder, den ich je getroffen habe. Leidenschaftlich, abenteuerlustig und so... echt.»

«Das klingt, als hätte er bereits einen tiefen Eindruck bei dir hinterlassen», bemerkte Lena, ihr Lächeln wurde breiter. «Ich freue mich für dich, Kurt. Es ist schön, zu sehen, dass du jemanden gefunden hast, der dich so fühlen lässt.»

Kurt nickte.

«Ja, das hat er. Aber ich mache mir Sorgen, wie das alles funktionieren soll. Meine Karriere, meine Familie... Ich habe Angst, dass ich alles verlieren könnte, was ich mir aufgebaut habe.»

«Ich verstehe deine Bedenken», sagte Lena sanft. «Aber denk daran, das Leben ist zu kurz, um nicht zu versuchen, glücklich zu sein. Und was deine Familie und deine Arbeit angeht, so wirst du vielleicht überrascht sein, wie anpassungsfähig die Welt sein kann. Und selbst wenn es Herausforderungen gibt, bin ich hier, um das mit dir durchzustehen. Du bist nicht allein, Kurt. Davon abgesehen leben wir inzwischen in einer Welt, in der sich Homosexuelle nicht mehr verstellen müssen. Mensch liebt Mensch. Es geht um die Liebe und Liebe gewinnt immer.»

Kurts Augen füllten sich mit Dankbarkeit. Lena hatte ihm nicht nur ihre bedingungslose Unterstützung angeboten, sondern ihm auch Mut gemacht, seinen eigenen Weg zum Glück zu verfolgen.

«Danke, Lena», wiederholte er, seine Stimme fest, aber voller Emotion. «Ich weiß das wirklich zu schätzen.»

In diesem Moment fühlte Kurt sich ein wenig leichter.

Das Gespräch hatte nicht nur die Last seiner Geheimnisse gemildert, sondern ihm auch Klarheit und einen Funken

Mut gegeben. Vielleicht war es tatsächlich möglich, seine eigene Wahrheit zu leben, ohne alles zu verlieren, was ihm wichtig war.

Beinahe zum selben Zeitpunkt führte Liam ein Gespräch mit seinem Bruder Tom. In der Stille seines eigenen Apartments teilte Liam seine Bedenken über die Balance zwischen seiner Karriere und seinem aufkeimenden Gefühl für Kurt.

«Es fühlt sich richtig an, bei ihm zu sein», erklärte Liam. «Aber ich weiß, dass unsere Welten so unterschiedlich sind. Ich möchte nicht, dass er wegen mir unter Druck gerät.»

Tom, der immer Liams Ankerpunkt gewesen war, hörte sorgfältig zu. «Beziehungen sind nie einfach», sagte er schließlich. «Aber ich habe dich selten so über jemanden sprechen hören. Vielleicht ist es das Risiko wert, Liam.»

# Kapitel 4

Inmitten der endlosen Arbeitstage, die sich für Kurt zu einem stetigen Strom aus Fristen, Meetings und juristischen Dokumenten verdichtet hatten, war es die Aussicht auf Veränderung, die wie ein Lichtstrahl durch die Monotonie brach.

Eine Nachricht von Lena, seiner besten Freundin und Kollegin, die trotz der täglichen Interaktionen im Büro, die Tiefe ihrer Freundschaft kannte, fand ihren Weg auf sein Handy.

«Lass uns mal wieder richtig Zeit miteinander verbringen, weit weg vom Büroalltag. Wie wäre es mit einem Abend im ‚Zum verlorenen Kompass'? Und hey, falls du jemanden mitbringen möchtest, der neue Perspektiven einbringt, nur zu!»

Die Idee, den üblichen Kontext ihres Zusammenseins – die geteilten Kaffeepausen, die flüchtigen Gespräche zwischen den Aktenstapeln – zu verlassen, erschien Kurt als willkommene Abwechslung.

Mehr noch, es bot ihm die perfekte Gelegenheit, Liam in einen persönlicheren Rahmen einzuführen. Liam, dessen Lächeln und ungezwungene Art ihm seit ihrer ersten Begegnung nicht mehr aus dem Kopf ging, schien ihm der ideale Kandidat für Lenas Vorschlag zu sein.

Mit einem leichten Zögern, das weniger aus Sorge um Liams Antwort als aus der eigenen Unsicherheit darüber entstand, wie dieser Schritt ihre Beziehung verändern könnte, entschied sich Kurt, Liam einzuladen.

«Hast du Lust, mich zu einem entspannten Abend mit Freunden zu begleiten? Es könnte eine schöne Gelegenheit sein, uns außerhalb des gewohnten Rahmens zu sehen.»

Liams positive Antwort kam prompt

und trug dieselbe Offenheit und Vorfreude in sich, die Kurt so schätzte.

«Klingt großartig. Ich bin dabei.»

Die Bar «Zum verlorenen Kompass» bot mit ihrem gemütlichen Ambiente den perfekten Rahmen für den Abend. Als Kurt und Liam eintraten, fühlte sich der Raum bereits wie eine kleine Oase der Ruhe an. Lena, die ihnen von einem Tisch in der Ecke aus zuwinkte, war die Erste, die ihre Arme für eine herzliche Umarmung ausbreitete.

«Schön, dass ihr beide kommen konntet», sagte sie mit einem Lächeln, das den Raum zu erleuchten schien. «Kurt, du kennst ja alle hier. Liam, das ist Mia und das ist Alex. Ich hoffe, ihr werdet euch alle prächtig verstehen.»

Liam, leicht überrumpelt von der herzlichen Begrüßung, fand schnell seinen Platz in der Runde.

«Danke, dass ihr mich so warm aufnehmt. Ich freue mich wirklich, euch kennenzulernen», erwiderte er.

Mia, die mit einem spielerischen Funkeln in den Augen antwortete, sagte: «Wir haben schon viel von dir gehört, Liam. Alles gute Dinge, natürlich.»

Ihr Augenzwinkern ließ Liam schmunzeln, und jede Spur von Unsicherheit schien wie weggeblasen.

Während Mia lebhaft von einer Ausstellung erzählte, bei der die Lichtinstallationen eher den Notausgang als die Kunstwerke hervorhoben, konnte sich Liam ein Lachen nicht verkneifen.

«Das erinnert mich an die Zeit, als ich versuchte, bei einem lokalen Festival zu helfen», begann er, die Aufmerksamkeit der Gruppe auf sich ziehend. «Ich sollte die Beleuchtung einrichten. Am Ende sah der Hauptplatz aus wie eine Landebahn für UFOs.»

Kurt lachte.

«Das hätte ich gerne gesehen. Bist du sicher, dass kein UFO gelandet ist?»

Liam schaute Kurt direkt an, ein schelmisches Grinsen umspielte seine

Lippen.

«Nicht dass ich wüsste. Aber ich habe den Rest des Abends damit verbracht, den Himmel zu beobachten, nur für den Fall.»

Ihre Blicke hielten einen Moment länger als nötig, und in diesem kurzen Austausch lag eine unverkennbare Wärme.

Als die Gespräche weiterflossen, fand sich Liam neben Kurt wieder, ihre Ellbogen berührten sich gelegentlich, wenn sie beide vor Lachen zurückwichen oder sich vorbeugten, um etwas zu teilen. Jede Berührung schien elektrisch, ließ ihre Herzen einen Schlag überspringen, obwohl keiner von beiden den Kontakt unterbrach.

Später, als Alex eine besonders absurde Geschichte über eine Hochzeitsplanung erzählte, bei der die Braut bestand, dass alle Gäste in mittelalterlichen Kostümen erscheinen sollten, lehnte sich Liam zu Kurt und flüsterte:

«Stell dir vor, wir wären dort gewesen. Was hättest du getragen? Ritterrüstung oder Hofnarr-Outfit?»

Kurt, der kurz von der Vorstellung überrascht war, neigte sich ebenfalls vor, so dass ihre Schultern sich leicht berührten.

«Definitiv Ritterrüstung», flüsterte er zurück, «aber nur, wenn du meine edle Prinzessin wärst.»

Liam lachte leise, seine Schulter zuckte gegen Kurts in einem stillen Lachen.

«Abgemacht. Aber ich bestehe auf einen Drachen.»

Diese leichten, spielerischen Austausche, gefüllt mit Lachen und flüchtigen Berührungen, ließen den Abend in einem Glanz von Nähe und Vertrautheit erstrahlen.

Die Momente, in denen ihre Blicke sich fingen und für eine Sekunde alles andere auszublenden schien, sprachen von einer wachsenden Verbindung, die tief und echt war.

Der Abend neigte sich dem Ende zu, und während die letzten Tassen Kaffee geleert wurden, spürte jeder am Tisch eine Mischung aus Zufriedenheit und Wehmut – jenes seltene Gefühl, das nur entsteht, wenn gute Zeiten mit guten Freunden geteilt werden. Lena, die immer daran dachte, besondere Momente festzuhalten, zog ihr Handy hervor.

«Bevor wir gehen, brauchen wir ein Foto. Erinnerungen wie diese verdienen es, bewahrt zu werden.»

Alle stimmten zu, und so rückten sie zusammen, um Platz für das Gruppenbild zu machen. Liam fand sich natürlich neben Kurt, ihre Schultern berührten sich sanft. Die Nähe war vertraut und doch neu, ein Spiegelbild der wachsenden Bindung zwischen ihnen.

«Macht euch bereit!», rief Mia, die das Handy für Lena hielt. «Lächeln!»

Im Moment, als das Foto gemacht

wurde, wandte Liam seinen Kopf leicht zu Kurt, ein impulsiver Akt, der von einem leisen Lächeln begleitet wurde. Kurt, der Liam spürte, drehte sich ebenso, und ihre Blicke trafen sich – ein stummer Austausch voller Wärme und Versprechen. Dieser winzige, perfekt getimte Moment wurde im Foto festgehalten, eingefroren für die Ewigkeit.

«Das ist wirklich schön geworden», bemerkte Alex, während er über Mias Schulter spähte.

«Ja, das ist es», stimmte Kurt zu, seine Augen noch immer auf das Bild und den Moment fixiert, den es eingefangen hatte.

Kurt und Liam verließen das Café Seite an Seite, die kühle Nachtluft umfing sie wie ein Versprechen.

Die Straßenlaternen warfen ein sanftes Licht auf ihren Weg, und obwohl sie nicht sprachen, war die Stille zwischen ihnen erfüllt von einem tiefen Verständnis und einer Vorfreude auf das, was kommen mochte.

«Danke für heute Abend», sagte Liam schließlich, seine Stimme leise in der nächtlichen Stille. «Es hat wirklich Spaß gemacht.»

«Ich habe zu danken», antwortete Kurt, ein Lächeln in seiner Stimme. «Heute Abend war... etwas Besonderes.»

Sie erreichten den Punkt, an dem ihre Wege sich trennten, und für einen Moment zögerten sie, unsicher, wie sie diesen perfekten Abend beenden sollten. Dann, fast gleichzeitig, streckten sie ihre Hände aus, und in der kurzen Berührung, einem festen Händedruck, lag ein Versprechen – dies war nur der Anfang.

Als sie sich trennten, fühlte sich die Nacht weniger dunkel an, die Sterne schienen heller zu leuchten. Kurt blickte zurück, gerade rechtzeitig, um Liam zu sehen, der sich ebenfalls umdrehte. Sie lächelten sich zu, ein stilles Einverständnis teilend, bevor sie sich endgültig in die Nacht wandten.

# Kapitel 5

Die Kanzlei, in der Kurt tätig war, hatte sich von einem Ort professioneller Bestrebungen in ein Terrain voller sozialer Minenfelder verwandelt.

Diese Veränderung wurde noch durch die Verbreitung des Fotos beschleunigt, das Mia während eines entspannten Abends in der Bar «Zum verlorenen Kompass» gemacht und später unbedacht in sozialen Medien geteilt hatte.

Das Bild von Kurt und Liam, eng beieinander und offensichtlich verbunden, war harmlos und doch intim – ein Moment der Freude unter Freunden.

Kurts Arbeitskollege David, immer auf der Suche nach Möglichkeiten, Kurt zu diskreditieren, nutzte das Foto als Munition.

Mit einem scheinheiligen Lächeln und einer sorgfältig formulierten Bemerkung – «Habt ihr schon das Foto gesehen? Interessant, wen man außerhalb der Bürozeiten so trifft, nicht wahr?» – streute er Zweifel und Spekulationen unter den Kollegen.

Die Tatsache, dass Lena, Kurts engste Vertraute und Unterstützerin in der Kanzlei, gerade abwesend war, verschärfte seine Isolation.

Kurt, der bereits mit den Herausforderungen seiner Arbeitslast kämpfte, fand sich nun in einer Lage wieder, in der er sich nicht nur für seine Arbeit, sondern auch für sein Privatleben rechtfertigen musste. Die Tatsache, dass das Foto öffentlich zugänglich war, machte die Situation nur noch prekärer. Die ständige Sorge, wie seine Beziehung zu Liam – ein Aspekt seines Lebens, der ihm tiefen Halt und Freude gab – seine Karriere beeinflussen könnte, wog schwer auf ihm.

Die Situation erreichte einen kritischen Punkt, als Kurt in einem Meeting mit versteckten Anspielungen konfron-

tiert wurde, die seine berufliche Integrität und sein Engagement in Frage stellten.

Ohne Lenas Unterstützung fühlte
Kurt sich unvorbereitet, gegen die subtilen Angriffe zu verteidigen, die nicht
nur seine Professionalität, sondern auch
seine persönliche Identität betrafen.

Dennoch traf er sich weiterhin mit
Liam, ein Beweis dafür, dass die Verbindung zwischen ihnen stärker war als
die Turbulenzen in Kurts beruflichem
Leben. In einer klaren Nacht, nur
wenige Tage nach dem besagten Meeting, beschlossen sie, sich fernab der
geschäftigen Stadt in ihrem geheimen
Garten zu treffen. Die Sterne funkelten
über ihnen, ein leiser Kontrast zu den
Stürmen, die Kurt innerlich durchlebte.

Liam hatte eine Decke und einen kleinen Picknickkorb mitgebracht, gefüllt
mit einfachen Leckereien – eine Geste,
die Kurt tief berührte.

«Ich dachte, wir könnten etwas Ruhe

gebrauchen», sagte Liam, während er die Decke ausbreitete. «Ein wenig Zeit, nur für uns.»

Sie saßen nebeneinander, die Stadtlichter in der Ferne, und teilten sich ein Stück Schokoladenkuchen, den Liam selbst gebacken hatte.

«Ich bin beeindruckt», gestand Kurt, ein Lächeln stahl sich auf sein Gesicht, «du bist voller Überraschungen.»

«Das ist noch nichts», entgegnete Liam scherzhaft, «du solltest erst meine Erdnussbutterkekse probieren.»

Während der Sternenhimmel über ihnen funkelte, fand Kurt den Mut, sein Herz zu öffnen. «Die Situation in der Kanzlei… es wird immer schwieriger. David findet immer neue Wege, um… mich zu isolieren.» Seine Stimme brach fast, als er die Worte aussprach, ein Zeugnis seiner inneren Kämpfe.

Liam hörte zu, seine ganze Aufmerksamkeit auf Kurt gerichtet, während er von den Intrigen und der Isolation erzählte. «Das klingt wirklich hart», sagte Liam sanft. «Aber du musst wissen, Kurt, dass du in dieser Situation nicht allein bist.»

Kurt schaute auf, begegnete Liams Blick. «Manchmal fühlt es sich aber so an», gestand er leise.

Liam nahm einen tiefen Atemzug, bevor er fortfuhr.

«Ich… ich habe über das Foto nachgedacht, das Mia gemacht hat. Über das, was David gesagt hat. Und ich frage mich… vielleicht sollten wir es nicht zulassen, dass andere für uns definieren, was wir sind oder sein könnten.»

Kurt spürte, wie sein Herz bei Liams Worten schneller schlug.

«Was meinst du damit?»

Liam zögerte einen Moment, suchte nach den richtigen Worten.

«Ich meine, wenn David und wer auch immer sonst schon glauben, dass wir ein Paar sind… Vielleicht sollten wir uns fragen, ob da nicht mehr zwischen uns ist. Mehr als Freundschaft.»

Seine Hand fand vorsichtig den Weg zu Kurts, ein zögerlicher, aber bedeutungsvoller Kontakt.

Die Berührung ihrer Hände ließ einen Funken durch Kurt fahren. Er hatte die Möglichkeit, mehr mit Liam zu haben, bisher nur in den verborgensten Winkeln seines Herzens zugelassen.

«Willst du sagen, dass wir…», Kurt stockte, unsicher, wie er seine Gedanken in Worte fassen sollte.

Liam sah Kurt direkt an, sein Blick ernst, aber voller Wärme.

«Ich sage nur, dass, wenn es da etwas gibt… zwischen uns… dann sollte uns niemand davon abhalten, herauszufinden, was es ist. Nicht David, nicht die Kanzlei. Niemand.»

Die Welt um sie herum schien für einen Moment stillzustehen. Kurt fühlte, wie sich seine Angst langsam in Mut verwandelte.

«Vielleicht hast du recht.»

Liam lächelte sanft und rückte näher. «Dann lass uns nicht länger warten.»

In diesem Moment, unter dem unendlichen Sternenhimmel, neigten sich Kurt und Liam zueinander. Ihr erster Kuss war zögerlich, tastend, aber er trug die Tiefe all der unausgesprochenen Gefühle und die Stärke der Verbindung, die sich zwischen ihnen gebildet hatte.

Es war ein Versprechen, gemeinsam allen Herausforderungen zu begegnen, die vor ihnen lagen, gestärkt durch die Gewissheit, dass sie nicht allein waren.

# Kapitel 6

In den Wochen vor dem großen Wettkampf fand sich Liam in einem Strudel aus intensivem Training und mentaler Vorbereitung wieder. Jeder Tag, jede Stunde zählte, und so verschrieb er sich mit Leib und Seele der Perfektionierung seiner Technik und Ausdauer.

Diese Hingabe ließ Liam wenig Zeit für anderes – insbesondere für Kurt. Die Momente, die sie gemeinsam hatten, waren kostbar, aber zunehmend rar. Liam spürte das Gewicht dieser Abwesenheit, das Bedauern darüber, nicht mehr für Kurt da sein zu können, so wie er es sich wünschte.

Trotz der sporadischen Nachrichten und kurzen Anrufe, in denen sie versuchten, die Verbindung aufrechtzuerhalten, lag eine stille Sorge in der Luft – die Frage, ob ihre frisch aufkeimende

Beziehung den Druck und die Distanz überstehen konnte.

Kurt, auf der anderen Seite, kämpfte mit seinen eigenen Herausforderungen. Die seltenen Treffen mit Liam waren wie Lichtblicke in einem ansonsten trüben Alltag.

Doch jedes Wiedersehen hinterließ auch ein Echo der Stille, das folgte, wenn Liam wieder ins Training eintauchte. Kurt bewunderte Liams Leidenschaft und Engagement, doch konnte er sich des Gefühls nicht erwehren, dass mit jedem Tag, an dem sie getrennt waren, ein Teil der möglichen Tiefe ihrer Beziehung unerforscht blieb.

In der Kanzlei befand sich Kurt einmal mehr im Kreuzfeuer von Davids spitzen Bemerkungen.

«Kurt kümmert sich jetzt eher um Hinterlader als um die Akten», sagte er lachend zu einer Kollegin.

Diese blickte zwar nicht gerade erfreut, zwang sich aber zu einem Lächeln.

Andere Kollegen taten so, als seien sie zu beschäftigt.

Doch im Gegensatz zu den vorherigen Begegnungen, in denen Kurt sich isoliert und unverteidigt gefühlt hatte, stand er diesmal nicht allein da.

Lena, gerade zurückgekehrt und vollständig im Bilde über die Situation, zögerte nicht, einzuschreiten. Mit einer Mischung aus diplomatischem Geschick und der Autorität, die sie sich in der Kanzlei erarbeitet hatte, stellte sie David zur Rede.

«Ich denke, wir sollten uns alle mehr auf unsere Arbeit konzentrieren und weniger auf das Privatleben unserer Kollegen», sagte sie ruhig, «ganz davon abgesehen, dass es diskriminierend ist, wie du dich da äußerst. Sei also vorsichtig, mit dem, was du sagst, du weißt ja selbst, wie schnell Menschen wegen ihrer Aussagen angeklagt werden können.»

David wurde blass und verließ eilig das Büro.

Nach dem Vorfall zog sich Kurt mit Lena zurück, dankbar für ihre Unterstützung und das Gefühl, dass nicht das gesamte Büro gegen ihn war.

«Warum muss überhaupt so ein Aufheben darum gemacht werden?», fragte Kurt, die Frustration und die Erschöpfung der letzten Wochen spiegelten sich in seiner Stimme wider. «Ich weiß nicht einmal, ob aus Liam und mir etwas wird. Wir sehen uns kaum… »

«Kurt, niemand macht sich Gedanken darüber, mit wem du dich triffst. Keine Ahnung, in was David sich da verrannt hat. Er scheint offensichtlich homophob zu sein. Man hat den Kollegen doch angesehen, wie unwohl sie sich bei seinen Aussagen fühlten. Und was deine Beziehung mit Liam angeht ... gib nicht gleich auf. Du hattest auch schon

Fälle, bei denen du dich wochenlang von allem abschotten musstest.»

Kurts Gedanken wirbelten. Lenas Worte boten Trost, doch blieb die Unsicherheit. Ihre Unterstützung war ein Lichtblick, aber die Herausforderung, eine Beziehung unter diesen Umständen aufzubauen und zu pflegen, schien immer noch eine hohe Hürde.

Dennoch, inspiriert von Lenas Rat und ihrem unerschütterlichen Glauben an ihn, fasste Kurt einen Entschluss.

Vielleicht war es an der Zeit, eine aktive Rolle zu übernehmen, sich nicht von den Umständen beherrschen zu lassen, sondern sie zu seinen Bedingungen zu gestalten.

Er beschloss, Liam beim Training zu überraschen, eine Geste, die vielleicht wenig ändern würde, aber zumindest ein Zeichen setzen sollte – ein Zeichen, dass er bereit war, für das zu kämpfen, was zwischen ihnen entstand.

Mit neuer Zuversicht machte sich Kurt auf den Weg zum Trainingsgelände, wo Liam sich auf seinen Wettkampf vorbereitete. Es war ein kühler, aber sonniger Nachmittag, und als Kurt die Trainingsanlage betrat, spürte er eine Mischung aus Nervosität und Vorfreude.

Er hatte Liam nicht von seinem Besuch erzählt, in der Hoffnung, ihm eine Freude zu machen und vielleicht auch, um sich selbst zu beweisen, dass ihre Verbindung stark genug war, um die momentanen Herausforderungen zu überwinden.

Liam, der mitten in einem intensiven Lauftraining war, bemerkte Kurt zunächst nicht. Erst als er eine kurze Pause einlegte, sah er die vertraute Gestalt am Rand der Laufbahn stehen.

Sein überraschter Blick wandelte sich schnell in ein strahlendes Lächeln.

«Kurt, was machst du denn hier?», rief er aus, während er auf ihn zulief.

«Ich dachte, ich schaue mal vorbei. Um… um dich zu sehen und dir alles Gute für den Wettkampf zu wünschen», erklärte Kurt, leicht unsicher, wie seine spontane Aktion aufgenommen würde.

Liams Lächeln vertiefte sich.

«Das bedeutet mir wirklich viel, Kurt. Danke, dass du hier bist.»

In diesem Moment trat Tom hinzu, Liams Bruder und Manager, der Kurts Anwesenheit mit Interesse bemerkte. «Du musst Kurt sein», sagte er, die Hand zum Gruß ausstreckend. «Liam hat mir von dir erzählt. Schön, dich kennenzulernen.»

Während sie zwischen den Laufbahnen und Trainingsgeräten entlanggingen, konnte Kurt nicht anders, als die Energie und Begeisterung zu bemerken, die Liam ausstrahlte.

«Siehst du diese Hürden dort?», begann Liam, auf eine Reihe von Hindernissen zeigend. «Die sind meine größte Herausforderung, aber auch mein Lieblingsteil des Trainings.»

«Wirklich?», fragte Kurt, fasziniert von der Leidenschaft in Liams Stimme. «Warum gerade die?»

«Weil sie mich jedes Mal ein wenig mehr pushen», antwortete Liam, sein Blick fest auf die Hürden gerichtet. «Sie erinnern mich daran, dass jeder Fortschritt, egal wie klein, ein Schritt in die richtige Richtung ist.»

«Und nicht zu vergessen, er sieht dabei ziemlich beeindruckend aus. Fast wie ein Superheld, der über Wolkenkratzer springt», sagte Tom.

Liam lachte, ein wenig verlegen, aber sichtlich erfreut über das Kompliment. «Ich weiß nicht, ob ich so weit gehen würde, aber danke, Tom.»

Kurt lächelte, beeindruckt von der Dynamik zwischen den Brüdern. «Es muss toll sein, jemanden zu haben, der einen so unterstützt», sagte er, mehr zu sich selbst als zu den anderen.

Tom legte eine Hand auf Liams und Kurts Schulter, sein Blick ernst, aber freundlich.

«Unterstützung ist der Schlüssel, nicht nur im Sport. Es ist wichtig, jemanden zu haben, der an einen glaubt, egal was kommt. Und ich kann sehen, dass Liam das bei dir gefunden hat, Kurt.»

Die Worte trafen Kurt tief. Inmitten der Trainingsanlage, umgeben von Liams Welt, fühlte er eine Verbundenheit, die weit über die körperliche Anwesenheit hinausging.

«Danke, Tom. Das bedeutet mir viel. Und Liam, ich will, dass du weißt, dass ich hier bin, um dich zu unterstützen, durch den Wettkampf und darüber hinaus.»

Liam sah Kurt direkt an, seine Augen leuchteten vor Dankbarkeit.

«Das weiß ich, Kurt. Und das allein gibt mir schon so viel Kraft. Zu wissen, dass du hinter mir stehst, macht all das

Training und die Anstrengung wert-
voll.»

Für einen Moment standen sie einfach
da, umgeben von der Stille der Trainingsanlage, verbunden durch ein
unausgesprochenes Versprechen der
Unterstützung und des gegenseitigen
Vertrauens.

In diesem Augenblick fühlte es sich
an, als ob keine Herausforderung zu
groß wäre, solange sie gemeinsam
daran arbeiteten.

Der Tag des Wettkampfs war
gekommen, ein Meilenstein, auf den
Liam monatelang hingearbeitet hatte.
Die Luft war elektrisiert mit Spannung
und Vorfreude, als Freunde und Familie sich auf den Tribünen versammelten, um die Athleten anzufeuern.

Unter ihnen befanden sich Kurt, Lena,
Mia und Alex, jeder von ihnen mit
einem Schild, das Liams Namen trug,
ein Meer aus Unterstützung und posi-
tiver Energie bildend.

Als Liam an die Startlinie trat, suchte sein Blick instinktiv die Gruppe. Ein Lächeln umspielte seine Lippen, als er sie entdeckte, und in diesem Moment wusste er, dass alles möglich war.

Er atmete tief ein, ließ die Anspannung mit jedem Atemzug ein wenig mehr nach, und fokussierte sich auf das, was vor ihm lag.

Der Startschuss hallte durch das Stadion, und Liam setzte all seine Kraft und Konzentration ein, jede Hürde mit Präzision und Anmut nehmend. Kurt, der am Rand stand und zusah, fühlte eine Welle des Stolzes. Jeder Schritt, den Liam machte, jede Hürde, die er überwand, war ein Beweis für seine Hingabe und seinen Willen, zu siegen.

Als Liam als Erster die Ziellinie überquerte, brach ein Jubel aus der Menge aus. Kurt, Lena, Mia und Alex sprangen auf, ihre Rufe und Applaus verschmolzen mit dem der anderen Zuschauer. Liam, nun ein Sieger, hob seine Arme in einer Geste des Triumphs, sein Blick erneut auf die Gruppe gerichtet, sein Lächeln breiter denn je.

Nach der Siegerehrung fanden sich alle zu einer Umarmung zusammen, ihre Glückwünsche und stolzen Worte überschütteten Liam.

Doch es war der Moment danach, den Liam und Kurt für sich beanspruchten, ein Moment, der nur ihnen gehörte.

Sie zogen sich zurück, ließen die euphorischen Stimmen hinter sich und fanden Ruhe in einer stillen Ecke des Stadions.

Liam stand vor Kurt, seine Hände suchten die seines Freundes. «Heute wäre nicht halb so bedeutend ohne dich hier», gestand er, die Emotionen klar in seiner Stimme.

«Du hast mir gezeigt, was es heißt, nicht nur für sich selbst zu kämpfen, sondern auch für die, die einem am Herzen liegen.»

Kurt, überwältigt von Liams Worten und der Intensität des Moments, zog ihn näher.

«Ich bin so stolz auf dich, Liam. Und ich bin dankbar, Teil dieses Tages zu sein.»

In der Abgeschiedenheit fanden ihre Lippen zueinander, ein sanfter, aber tiefgründiger Kuss, der mehr sagte, als Worte es könnten. Es war eine Zärtlichkeit, die die Freude des Tages und die Hoffnung für die Zukunft in sich trug.

Als sie sich voneinander lösten, lag ein stilles Versprechen in der Luft – ein Versprechen, dass, egal welche Herausforderungen noch kommen mögen, sie sie gemeinsam meistern würden.

Diese Nacht verbrachten sie zusammen, die Euphorie des Sieges und die Tiefe ihrer Verbindung erkundend, ohne Worte, aber mit Taten, die ihre Gefühle füreinander ausdrückten.

Es war der Beginn von etwas Neuem, etwas Echtem, geprägt durch den gemeinsamen Glauben, dass zusammen alles möglich ist.

# Kapitel 7

Kurt stand an diesem Morgen früher als üblich vor dem Spiegel seines Badezimmers, die Sorgenfalten auf seiner Stirn tiefer als die Schatten, die das morgendliche Licht in den Raum warf.

Er hatte eine Einladung zu einem dringenden Treffen mit seinen Vorgesetzten erhalten, ohne weitere Erklärungen, was ihn erwartete.

Das diffuse Gefühl der Unruhe, das ihn die ganze Nacht begleitet hatte, verdichtete sich zu einem Knoten der Angst in seinem Magen, als er das Bürogebäude betrat.

Im Konferenzraum angekommen, fand Kurt sich den angespannten und ernsten Blicken seiner Chefs gegenüber. Auf dem Tisch vor ihnen lagen mehrere Akten ausgebreitet, unter ihnen auch die Akte des Falls «Meyer gegen Stadtverwaltung», an dem Kurt monatelang gearbeitet hatte. Die Atmosphäre war geladen, die Stille fast greifbar, als einer der Vorgesetzten das Wort ergriff.

«Kurt, es sind uns gravierende Fehler in der Handhabung des Falles ‚Meyer gegen Stadtverwaltung' zu Ohren gekommen», begann der Vorgesetzte, seine Stimme von einer beunruhigenden Ruhe. «Die Beweismittel scheinen manipuliert worden zu sein, und alle Spuren weisen darauf hin, dass du direkt dafür verantwortlich bist.»

Die Worte trafen Kurt wie ein Schlag. Verwirrung und Unglaube mischten sich in seinen Gedanken.

Wie konnte es zu solchen Anschuldigungen kommen?

Er hatte seine Arbeit stets mit größter Sorgfalt und Integrität ausgeführt. Doch die Beweise schienen unumstößlich gegen ihn zu sprechen, und die Enttäuschung in den Augen seiner Vorgesetzten schnitt tiefer als jeder Vorwurf.

«Ich verstehe nicht, wie das passieren konnte», stammelte Kurt, seine Stimme brüchig unter der Last der Anschuldigungen. «Ich habe immer nach bestem Wissen und Gewissen gehandelt.»

Die Vorgesetzten hörten ihm zu, doch ihre Miene verhärtete sich nur noch mehr.

«Kurt, wir müssen dieser Sache auf den Grund gehen. Bis dahin bist du suspendiert.»

Mit diesen Worten endete das Treffen, und Kurt verließ den Raum in einem Zustand der Schockstarre. Die Vorwürfe hallten in seinem Kopf wider, während er versuchte, die Trümmer seiner beruflichen Existenz zu begreifen.

In einem Berg aus Papier und Akten verbrachte Kurt den Rest des Tages damit, verzweifelt nach irgendeinem Hinweis zu suchen, der seine Unschuld beweisen könnte.

Sein Wohnzimmer hatte sich in ein

provisorisches Büro verwandelt, in dem die Zeit stillzustehen schien. Er konnte und wollte nicht glauben, dass er für einen Fehler verantwortlich sein sollte, der so fern seiner gewissenhaften Arbeitsweise lag.

Als der Abend hereinbrach und das letzte Tageslicht aus seinem Wohnzimmer wich, wurde Kurt von der Erschöpfung und der Frustration seiner erfolglosen Suche übermannt. Er lehnte sich in seinem Stuhl zurück, massierte seine schmerzenden Schläfen und starrte auf die chaotische Ansammlung von Dokumenten vor sich.

In einem Moment der Resignation griff er nach seinem Handy und wählte Lenas Nummer. Vielleicht konnte sie ihm einen Rat geben oder zumindest ein offenes Ohr für seine Sorgen bieten.

Nach einigen Klingeltönen meldete sich Lena.

«Hey Kurt, was gibt's? Du klingst gestresst.»

Kurt seufzte, unsicher, wo er anfangen sollte.

«Lena, ich… Ich stecke in Schwierigkeiten. Es gibt da ein Problem mit dem ‚Meyer gegen Stadtverwaltung'-Fall.»

«Was für ein Problem?», fragte Lena.

«Die Vorgesetzten sagen, es gäbe gravierende Verfahrensfehler. Beweismittel, die manipuliert worden sein sollen. Und irgendwie… irgendwie scheint alles auf mich zurückzufallen.» Kurt spürte, wie seine Stimme brach, als er die Worte aussprach.

«Das klingt ja furchtbar», sagte Lena. «Aber das ist doch absurd, Kurt. Jeder, der dich kennt, weiß, wie akribisch du arbeitest. Hast du irgendwelche Ideen, wie es dazu kommen konnte?»

Kurt schüttelte den Kopf, auch wenn Lena ihn nicht sehen konnte.

«Nein, das ist es ja. Ich habe alles durchgesehen, aber nichts führt zu einer Erklärung. Ich… Ich weiß nicht, was ich tun soll.»

«Hör zu, Kurt», Lena klang jetzt entschlossener. «Wir werden das herausfinden, okay? Morgen früh komme ich vorbei, und wir gehen alles noch einmal gemeinsam durch. Zwei Paar Augen sehen mehr als eins. Und du bist nicht allein, vergiss das nicht.»

Kurts Herz wurde bei Lenas Worten etwas leichter.

«Danke, Lena. Ich weiß wirklich nicht, was ich ohne dich tun würde.»

«Das musst du auch gar nicht», antwortete sie. «Wir kriegen das hin. Versuch, etwas zu schlafen, okay? Morgen ist auch noch ein Tag.»

Mit einem schweren Seufzer legte Kurt auf. Obwohl das Gespräch keine Lösungen gebracht hatte, fühlte er sich durch Lenas Unterstützung zumindest nicht mehr ganz so isoliert.

Doch die Nacht versprach lang und schlaflos zu werden, gefüllt mit Sorgen und dem Echo der unbeantworteten Fragen, die in seinem Kopf widerhallten.

Am nächsten Morgen, als das erste Licht durch die Vorhänge seines Wohnzimmers fiel, war Kurt bereits wach, umgeben von den Akten und Notizen, die nun Teil seines Albtraums geworden waren. Die Nacht hatte wenig Erholung und keine neuen Einsichten gebracht.

Doch die Aussicht auf Lenas Unterstützung gab ihm einen Funken Hoffnung, dass dieser Tag anders sein könnte.

Kurz nachdem er sich einen starken Kaffee gemacht hatte, klingelte es an der Tür. Lena stand davor, bereit, in die Schlacht zu ziehen. Ihre Anwesenheit allein war ein Trost für Kurt, der sich in den letzten Tagen zunehmend isoliert gefühlt hatte.

«Gut, dass du da bist», begrüßte Kurt sie und versuchte, ein Lächeln aufzusetzen.

«Natürlich bin ich hier», entgegnete

Lena, während sie einen großen Ordner auf den Tisch legte. «Zeig mir alles, was du hast. Wir finden heraus, was hier passiert ist.»

Während sie zusammenarbeiteten, vertieft in die Akten und die widersprüchlichen Beweise, unterbrach das Piepen von Kurts Smartphone ihre Konzentration.

Eine neue E-Mail war eingetroffen, markiert mit hoher Priorität. Kurt öffnete sie zögerlich, die Anspannung in seinem Gesicht spiegelte die Angst wider, die mit jeder neuen Nachricht kam.

Die E-Mail war von einem anonymen Absender, adressiert nicht nur an Kurt, sondern auch an die gesamte Führungsebene der Kanzlei.

Der Inhalt war explosiv: Lena wurde beschuldigt, von den angeblichen Verfahrensfehlern gewusst und diese gedeckt zu haben. Der anonyme Tippgeber behauptete, Beweise für ihre

Beteiligung zu haben.

Kurt und Lena tauschten einen Blick der Fassungslosigkeit aus.

«Das… das ist lächerlich», stotterte Kurt. «Lena, du hast nichts damit zu tun. Warum?»

Lena, die bleich geworden war, schüttelte den Kopf.

«Ich habe keine Ahnung, Kurt. Aber das macht die Situation nicht besser. Jetzt bin ich auch im Visier.»

Sie saßen einen Moment schweigend da, jeder in seinen Gedanken gefangen.

Die Anschuldigungen gegen Lena waren nicht nur absurd, sondern auch gefährlich. Sie drohten, nicht nur Kurts, sondern auch Lenas Karriere zu zerstören.

«Wir müssen herausfinden, wer hinter dieser E-Mail steckt», sagte Lena schließlich, ihre Stimme fest, trotz der offensichtlichen Beunruhigung. «Und warum. Jemand versucht offensichtlich, uns beide zu Fall zu bringen.»

Kurt nickte, getrieben von einem neuen Gefühl der Entschlossenheit.

«Wir lassen uns nicht so leicht unterkriegen. Wir stehen das zusammen durch.»

«Wer auch immer das getan hat, wusste genau, was er tat. Es war gezielt und berechnet, um uns zu schaden», sagte Lena.

Kurt nickte erneut zustimmend. «Ja, und das Schlimmste ist, ich habe keine Ahnung, wer uns so etwas antun würde. Es fühlt sich an, als würde ich gegen einen Schatten kämpfen.»

«Egal, was passiert, wir lassen uns nicht unterkriegen», sagte Lena entschlossen, während sie ihren Tee abstellte.

Kurt versuchte, Liam anzurufen, erreichte jedoch nur die Mailbox. Er hinterließ ihm eine kurze Nachricht.

# Kapitel 8

Direkt am nächsten Tag wurden Kurt und Lena zu einem weiteren Treffen gerufen, diesmal nicht nur mit ihren direkten Vorgesetzten, sondern auch mit den Partnern der Kanzlei.

Die Stimmung war ernst, als sie den Konferenzraum betraten, ein Gefühl der Anspannung lag in der Luft. Kurt spürte ein Ziehen in der Magengegend, das ihm mittlerweile allzu vertraut war, während Lena neben ihm ruhig, aber mit besorgter Miene saß.

«Kurt, Lena, wir haben uns hier versammelt, um die nächsten Schritte bezüglich der Vorwürfe, die gegen euch erhoben wurden, zu besprechen», begann einer der Partner, Herr Lawser, ein älterer Herr mit grauem Haar und durchdringendem Blick. «Wir nehmen diese Angelegenheit sehr ernst und haben beschlossen, externe Ermittler einzuschalten, um eine neutrale Untersuchung der Vorfälle zu gewährleisten.»

Kurt tauschte einen schnellen Blick mit Lena aus.

Die Nachricht, dass externe Ermittler eingeschaltet wurden, war sowohl eine Erleichterung als auch eine neue Quelle der Angst. Es bedeutete, dass ihre Unschuld möglicherweise bewiesen werden konnte, brachte aber auch die Ungewissheit mit sich, was die Ermittler finden würden.

«Bis zum Abschluss der Untersuchung», fuhr der Partner fort, «werden Sie beide von Ihren Aufgaben in der Kanzlei freigestellt. Das ist eine Standardprozedur in solchen Fällen, bitte verstehen Sie das nicht als Vorverurteilung.»

Lena nickte, ihr Gesichtsausdruck war gefasst, aber in ihren Augen lag ein Funke von Sorge.

«Wir verstehen», sagte sie ruhig. «Wir

möchten nur, dass die Wahrheit ans Licht kommt.»

Kurt fühlte eine Mischung aus Frustration und Erleichterung bei der Ankündigung ihrer Freistellung. Einerseits war es demütigend, seiner beruflichen Pflichten enthoben zu werden, andererseits gab es ihnen die Möglichkeit, sich voll und ganz auf ihre Verteidigung zu konzentrieren.

«Wir hoffen, dass diese Untersuchung schnell und gründlich durchgeführt wird», sagte Kurt, seine Stimme fest, trotz des Sturms der Emotionen in seinem Inneren. «Wir haben nichts zu verbergen.»

Die Partner nickten, ihre Gesichter unleserlich.

«Das hoffen wir auch», erwiderte Herr Lawser. «Sie werden über alle Entwicklungen auf dem Laufenden gehalten. Bis dahin bitten wir Sie, die Kanzlei nicht zu betreten und keinen Kontakt zu Klienten bezüglich laufender Fälle aufzunehmen.»

Mit diesen Worten endete das Treffen, und Kurt und Lena verließen den Raum, ihre Schritte hallten in der Stille des Ganges wider. Sie waren nun offiziell freigestellt, bis die externe Untersuchung abgeschlossen war, gefangen in einem Zustand der Ungewissheit, der ihre Karrieren und ihr Leben in der Schwebe hielt.

Nach dem Treffen mit den Partnern der Kanzlei fühlten sich Kurt und Lena wie in einem luftleeren Raum. Die Freistellung von der Arbeit war ein notwendiger Schritt, um die Untersuchung unvoreingenommen zu ermöglichen, hinterließ jedoch ein Gefühl der Leere und der Machtlosigkeit.

In dieser schwierigen Zeit wurde Liam zu einem Anker für Kurt, einem Zeichen der Normalität in einem Meer aus Chaos.

An jenem Nachmittag, als die Wolken draußen eine melancholische Stimmung verbreiteten, klingelte Kurts Telefon. Es war Liam, dessen Stimme sofort eine Welle der Erleichterung in Kurt auslöste.

«Hey, ich habe deine Nachricht von gestern Abend gehört», begann Liam sanft. «Wie geht es dir damit?»

Kurt seufzte tief, bevor er antwortete.

«Es ist hart, Liam. Ich fühle mich so… hilflos. Als wäre mir der Boden unter den Füßen weggezogen worden.»

«Ich kann mir vorstellen, wie schwer das sein muss», erwiderte Liam verständnisvoll. «Aber du musst wissen, dass ich hier für dich bin. Wir alle sind hier für dich. Was auch immer du brauchst, um das durchzustehen.»

Es war genau das, was Kurt hören musste. Liams Worte gaben ihm einen Moment der Ruhe, ein Gefühl der Sicherheit, das ihm seit Beginn dieser ganzen Affäre gefehlt hatte.

«Danke, Liam. Das bedeutet mir wirklich viel.»

Als Kurt das Telefon weglegte, fühlte er sich nicht mehr ganz so verloren in dem Wirrwarr aus Anschuldigungen und Unsicherheiten. Mit Liam und Lena an seiner Seite schien der Kampf um seine Zukunft nicht mehr ganz so aussichtslos.

Am nächsten Nachmittag, während sie versuchten, sich mit anderen Dingen abzulenken, kam das Gespräch unweigerlich auf die laufende Untersuchung.

«Ich hasse dieses Warten», seufzte Kurt, während er gedankenverloren in seinen Kaffee starrte. «Es fühlt sich an, als wären wir komplett machtlos.»

Lena, die neben ihm saß, legte beruhigend ihre Hand auf seine Schulter.

«Ich weiß, es ist schwer. Aber wir haben unser Bestes getan, indem wir die Wahrheit gesagt haben. Jetzt liegt es in den Händen der Ermittler.»

Liam, der gegenüber von ihnen am Tisch saß, nickte zustimmend.

«Genau. Und wir dürfen nicht vergessen, dass wir in dieser Zeit auch einander haben. Egal, was dabei herauskommt, wir stehen das gemeinsam durch.»

Die Worte waren tröstend, und Kurt fühlte sich dankbar für die beiden wichtigsten Menschen in seinem Leben, die ihm in dieser schwierigen Zeit zur Seite standen.

«Ihr habt recht», gab Kurt schließlich zu. «Es ist nur… ich kann nicht aufhören, darüber nachzudenken, wer uns das antun würde. Und warum.»

Lena sah ihn nachdenklich an.

«Die Antwort darauf werden hoffentlich die Ermittler finden. Ich vertraue darauf, dass die Wahrheit ans Licht kommt. Wir müssen einfach geduldig sein.»

«Was ist denn mit diesem Kollegen, von dem ihr erzählt habt, diesem David? Immerhin hat er ja schon vorher versucht, dich in der Kanzlei schlechtzumachen, wegen unserer Beziehung?», fragte Liam.

Kurt nickte.

«Ja, an ihn habe ich auch schon gedacht. Dennoch … ich habe ihm nie etwas getan und wüsste nicht, warum aus einer Rivalität, die wir durchaus hatten, so etwas Schlimmes werden sollte? Ich weiß es nicht …»

«David könnte dazu durchaus in der Lage sein», warf Lena ein, «ich habe gesehen, wie er mit seinen Mandanten umspringt. Ich glaube nicht, dass er so ehrlich ist, wie er tut.»

Das Gespräch driftete dann zu anderen Themen ab, während sie versuchten, sich gegenseitig abzulenken und ein wenig Normalität in ihren Alltag zu bringen. Doch unter der Oberfläche blieb die Anspannung spürbar, ein ständiger Begleiter in den Tagen des Wartens.

Ein paar Tage waren vergangen, seit die externen Ermittler mit ihrer Arbeit begonnen hatten. Kurt, Lena und Liam hatten sich in eine Routine des Wartens eingefunden, getragen von der Hoffnung, dass bald Licht ins Dunkel ihrer Situation gebracht werden würde. Ihre Tage waren geprägt von kleinen Ablenkungen und dem gegenseitigen Bestärken, dass die Wahrheit sie befreien würde.

Dann, an einem späten Nachmittag, als die Sonne bereits hinter den Dächern der Stadt verschwunden war, erhielten sie den Anruf, auf den sie so sehnsüchtig gewartet hatten. Die Partner der Kanzlei baten sie zu einem dringenden Treffen ein.

Mit klopfenden Herzen und einem Gefühl der Erwartung trafen sich Kurt, Lena und Liam vor dem Bürogebäude der Kanzlei. Gemeinsam betraten sie den Konferenzraum, wo die Partner der Kanzlei bereits auf sie warteten, zusammen mit den Ermittlern, die mit der Untersuchung beauftragt worden waren.

Ohne Umschweife kam einer der Ermittler zur Sache.

«Wir haben die Untersuchung abgeschlossen und konnten die Quelle der Manipulationen aufdecken.» Seine Stimme war ruhig, aber in seinen Worten lag ein Gewicht, das alle Anwesenden spüren konnten.

Kurt spürte, wie Lena neben ihm nach seiner Hand griff, während Liam ihm ermutigend auf die Schulter klopfte.

Die Spannung im Raum war fast greifbar, als der Ermittler fortfuhr.

«Unsere Untersuchungen haben ergeben, dass die Manipulationen von einem Ihrer Kollegen, David Miller, durchgeführt wurden.»

Ein kollektives Aufatmen durchzog den Raum, gemischt mit einem Gefühl der Bestürzung. Kurt konnte es kaum fassen; obwohl er David nie wirklich getraut hatte, war die Bestätigung, dass ein Kollege hinter diesem hinterhältigen Akt steckte, dennoch ein Schock.

«Wie… wie konnten Sie das herausfinden?», fragte Kurt, seine Stimme zitternd vor einer Mischung aus Erleichterung und Wut.

«David hat einen entscheidenden Fehler gemacht», erklärte der Ermittler. «Er hat eine Änderung an einem Dokument vorgenommen. Um nicht aufzufallen, hat er dafür extra einen neuen Laptop gekauft. Doch er hat das Programm, das er zum Öffnen der Datei benötigt von einer Webseite heruntergeladen, für die er sich registrieren musste. Er hat zwar auch hier eine falsche E-Mail-Adresse verwendet, war aber von zu Hause über seine feste IP eingeloggt. Darüber haben wir ihn gefunden.»

Die Partner der Kanzlei ergriffen das Wort, um zu erklären, dass sie bereits Schritte eingeleitet hatten, um David zur Rechenschaft zu ziehen und dass er fristlos entlassen wurde.

Zum Abschluss des Treffens bat einer der Partner um das Wort. «Wir möchten uns bei Ihnen entschuldigen, Kurt, Lena. Sie wurden ungerechterweise beschuldigt, und das hätte nie passieren dürfen. Wir werden alles in unserer Macht Stehende tun, um Ihren Ruf wiederherzustellen und sicherzustellen, dass so etwas nie wieder vorkommt.»

# Epilog

In der warmen, einladenden Atmosphäre von Kurts Wohnzimmer versammelten sich an einem gemütlichen Abend neben Kurt, Lena und Liam auch Alex, Mia und Tom. Die Gruppe saß beisammen, umgeben von der behaglichen Wärme des knisternden Kaminfeuers, ein Symbol der Gemeinschaft und des Zusammenhalts, der sie durch turbulente Zeiten getragen hatte.

Kurt, dessen Blick sich zeitweise in den flackernden Flammen verlor, fand in der Ruhe des Moments Raum für tiefgründige Reflexionen.

Er wandte sich seinen Freunden zu, ein Hauch von Melancholie in seiner Stimme, als er begann, von den Anfängen zu erzählen: «Wisst ihr, als David und ich in der Kanzlei anfingen, waren wir voller Ehrgeiz und Träume.

Wir waren Freunde… oder zumindest dachte ich das.»

Lena lehnte sich vor, während Liam Kurt die Hand auf die Schulter legte. Alex, Mia und Tom hörten ebenfalls aufmerksam zu, jeder von ihnen mit eigenen Erinnerungen an ihre Anfänge.

«David hatte diese unersättliche Ambition», fuhr Kurt fort, sein Lächeln schwach, als er in die Vergangenheit eintauchte. «Ich bewunderte seine Entschlossenheit, aber mit der Zeit…» Kurt zögerte, die Worte sorgfältig wählend, «begann ich zu bemerken, dass seine Bewunderung für mich… anders war. Ich dachte, er mag mich. Also eigentlich sogar mehr als das. Doch, dann hat er so schlecht über Homosexuelle gesprochen. Er hat sich mehr und mehr von mir distanziert. Vielleicht wollte er seine Neigungen nie offen zugeben. Ich weiß ja selbst, wie schwer das ist.»

Ein kurzes Schweigen folgte, während die Freunde Kurts Worte verarbeiteten.

«Aber dann», wechselte Kurt den Ton, seine Augen fanden Liam, «bist du in mein Leben getreten, Liam. Und alles änderte sich zum Besseren.»

«Als wir uns kennenlernten», antwortete Liam, «fühlte es sich an, als würde plötzlich alles Sinn machen. Du hast mir gezeigt, was es wirklich bedeutet, für jemanden da zu sein.»

Die beiden küssten sich.

Nichts würde sie mehr aufhalten, sie würden jede Hürde nehmen, so wie Liam im Sport einfach über alle Hürden sprang.

Sie waren bereit für ihr gemeinsames, glückliches Leben.

# Jamie und Harold
# Dein Herz brennt für mich

# Kapitel 1

Die Morgensonne strahlte über den Dächern der Stadt, während Jamie seinen Food-Truck «Kulinarische Kompositionen» für den neuen Tag vorbereitete. Die Luft war erfüllt von der Vorfreude auf das, was kommen würde, und Jamie, mit einem Lächeln im Gesicht, war bereit, diese Erwartungen zu übertreffen.

«Guten Morgen, Jamie! Schon fleißig?», rief Lena, die mit einem Korb voll frischer, bunter Gemüsesorten ankam.

Ihre Energie war ansteckend, und Jamie konnte nicht anders, als zurückzulächeln.

«Ohne dich und deine Markt-Schätze wäre mein Tag nur halb so schön», entgegnete er, während er das Gemüse in Empfang nahm.

Noch bevor sie richtig starten konnten, gesellte sich Anna zu ihnen, eine treue

Stammkundin und bekannt für ihre vegane Lebensweise.

«Guten Morgen, ihr zwei! Was habt ihr heute Neues für mich?», fragte sie neugierig.

«Guten Morgen, Anna! Heute haben wir etwas ganz Besonderes: ein veganes Linsen-Curry mit Kokosmilch, serviert auf einem Bett aus Quinoa. Inspiriert von den Aromen Südasiens und natürlich mit Zutaten vom lokalen Markt», verkündete Jamie mit einem stolzen Unterton in seiner Stimme.

«Das klingt himmlisch! Ich nehme eine Portion davon… und einen deiner berühmten Ingwer-Tees dazu», sagte Anna, während sie ihre Tasche abstellte und gespannt zuschaute, wie Jamie und Lena in Aktion traten.

Während Lena den Tee zubereitete, widmete sich Jamie dem Curry, eine Aufgabe, die er als seine Art der Kunst betrachtete.

«Weißt du, Lena, es sind genau diese

Momente, die mir zeigen, wie wichtig unsere Arbeit hier ist. Anna kommt nicht nur wegen des Essens, sondern auch wegen der Erfahrung», sagte Jamie, während er behutsam die Linsen im Topf rührte.

Lena, die Anna ihren Tee reichte, stimmte zu.

«Und die Herausforderung, immer wieder neue, kreative und auch vegane Gerichte zu kreieren, das hält uns am Laufen, nicht wahr?», fügte sie hinzu, während sie beobachtete, wie Jamie das Curry liebevoll anrichtete.

«Absolut», antwortete Jamie, während er Anna ihre Bestellung servierte. «Jedes Gericht ist eine neue Geschichte, die wir erzählen. Unsere Kunden sind Teil dieser Geschichte, und das macht jeden Tag besonders.»

Anna, die einen ersten Bissen nahm, lächelte zufrieden.

«Jamie, du und Lena, ihr schafft es immer wieder, mich zu überraschen.»

Der Vormittag verlief geschäftig, als plötzlich ein lautes Knistern die Luft erfüllte, gefolgt von aufgeregten Stimmen und dem Geruch von Rauch. Jamie, der gerade dabei war, einem jungen Pärchen die Zubereitung ihres veganen Gerichts zu erklären, hob alarmiert den Kopf.

«Was ist los?», fragte Lena, während sie sich zu Jamie umdrehte, die Sorge deutlich in ihren Augen.

Bevor jemand antworten konnte, eilte ein Mann heran, sichtlich außer Atem.

«Feuer! Ein paar Häuser weiter!», rief er, und Jamies Herz setzte einen Schlag aus.

Ohne zu zögern, ließ er den Löffel fallen und stürmte aus dem Truck, Lena dicht auf den Fersen.

Dichte Rauchschwaden stiegen aus einem der älteren Gebäude auf, Menschen strömten auf die Straße, ihre Blicke waren ängstlich und unsicher.

Die Feuerwehr war noch nicht eingetroffen, und die Flammen leckten bereits gierig an den hölzernen Balken des historischen Gebäudes.

«Wir müssen helfen!», rief Jamie, mehr zu sich selbst als zu Lena.

Doch bevor sie näherkommen konnten, donnerten die Feuerwehrautos heran, und die Retter sprangen in Aktion.

Unter ihnen war Harold, ein Feuerwehrmann, dessen ruhige Ausstrahlung in krassem Gegensatz zu dem Chaos um ihn herum stand. Er organisierte sein Team mit einer Effizienz und Ruhe, die sofort Vertrauen einflößten.

Jamie und Lena, nun am Rand des Geschehens, beobachteten, wie Schläuche ausgerollt und Leitern positioniert wurden.

Harold bewegte sich durch die Menge, um sicherzustellen, dass alle in Sicherheit waren, bemerkte er Jamie und Lena, die offensichtlich besorgt neben ihrem bunt bemalten Food-Truck standen.

In diesem Moment erreichte Harold die beiden.

«Ist das Ihr Truck? Bitte halten Sie sich zurück. Wir kümmern uns um das Feuer. Ist noch jemand drinnen?», fragte er, seine Stimme fest, aber nicht unfreundlich.

«Nein, nein, wir sind in Sicherheit. Kann ich… können wir irgendwie helfen?», stammelte Jamie, beeindruckt von Harolds Autorität und gleichzeitig besorgt um die Gemeinschaft.

Harold nickte kurz.

«Bleiben Sie hier draußen. Und halten Sie Abstand, bitte.»

Dann drehte er sich um und eilte zurück zu seinen Kameraden, um sich erneut dem Kampf gegen die Flammen zu widmen.

Während Harold sich wieder dem Einsatz widmete, fühlte Jamie sich hilflos. Doch die Entschlossenheit, etwas beizutragen, siegte.

«Lena, lass uns Wasser und alles, was

wir haben, zusammenpacken. Die Einsatzkräfte werden jede Unterstützung brauchen.»

Gemeinsam kehrten sie zum Truck zurück und begannen, Wasserflaschen, Snacks und Handtücher zu sammeln.

Sie brachten die Versorgung zu den Rettungskräften, und diese waren dankbar für die Geste, ein kleines Zeichen der Solidarität inmitten der Krise.

Nach einer schier endlosen Stunde bekamen die Feuerwehrleute das Feuer unter Kontrolle.

Jamie, der die ganze Zeit über zugeschaut hatte, suchte nach Harold, um ihm persönlich zu danken. Als er ihn fand, war Harold gerade dabei, seine Ausrüstung abzulegen, sein Gesicht verrußt, aber unversehrt.

«Danke», sagte Jamie, seine Stimme erfüllt von aufrichtiger Dankbarkeit. «Danke für alles, was ihr getan habt.»

Harold blickte auf, ein müdes Lächeln umspielte seine Lippen.

«Das ist unser Job. Aber danke für die Unterstützung. Jede Hilfe zählt.»

In diesem Moment, trotz des Rauchs und der Asche, fühlte Jamie eine tiefe Verbindung.

Nachdem das Feuer unter Kontrolle gebracht worden war und die letzten Glutnester sorgfältig gelöscht worden waren, begann die Menge allmählich, sich zu zerstreuen. Die Luft war immer noch erfüllt von einem leichten Rauchgeruch, ein stummer Zeuge der Ereignisse des Tages.

Jamie und Lena hatten ihre Hilfe angeboten, wo sie nur konnten, und waren nun dabei, ihren Food-Truck wieder in Betrieb zu nehmen. Trotz der Anspannung und des Schreckens, den der Brand ausgelöst hatte, fühlte Jamie eine tiefe Dankbarkeit und eine gewisse Bewunderung für die Feuerwehrleute, insbesondere für Harold.

«Das war wirklich mutig von ihnen», sagte Lena, während sie die letzten

Wasserflaschen zurück in den Kühlschrank stellte. «Und du, wie du sofort geholfen hast… das zeigt, wie sehr du dich um diese Gemeinschaft kümmerst.»

Jamie lächelte schwach.

«Ich habe nur getan, was jeder getan hätte. Aber ja, diese Feuerwehrleute waren unglaublich.»

In diesem Moment bemerkte Jamie, wie Harold sich ihnen näherte. Sein Feuerwehranzug war mit Ruß befleckt, das Zeichen eines langen Kampfes gegen die Flammen. Jamie spürte, wie seine Nervosität unerwartet anstieg.

«Hallo nochmal», begann Harold, seine Stimme klang jetzt weniger angespannt, fast weich. «Ich wollte mich persönlich bei euch bedanken. Eure Unterstützung hat uns heute wirklich geholfen.»

Jamie war überrascht.

«Wir sollten dir danken. Du… ihr alle habt so viel riskiert, um uns zu helfen. Ich… wir sind einfach nur froh, dass wir etwas zurückgeben konnten.»

Harold lächelte, ein echtes Lächeln, das seine Erschöpfung für einen Moment vergessen ließ.

«Ich bin Harold.»

«Jamie», erwiderte Jamie, und irgendwie fühlte sich dieser einfache Austausch ungewöhnlich bedeutsam an. «Und das ist Lena.»

«Freut mich, euch kennenzulernen», sagte Harold und nickte Lena zu, die ihm ein freundliches Lächeln schenkte.

«Jamie hier betreibt den besten Food-Truck der Stadt», warf Lena ein, ein schelmisches Funkeln in ihren Augen. «Du solltest wirklich mal etwas probieren.»

Jamie fühlte, wie seine Wangen leicht erröteten.

«Lena…», begann er, aber Harold unterbrach ihn mit einer erhobenen Hand.

«Das klingt nach einer ausgezeichneten Idee. Was empfiehlst du?», fragte

Harold, sein Blick fest auf Jamie gerichtet.

Jamie, nun etwas gefasst, antwortete: «Wie wäre es mit unserem Tagesgericht? Ich verspreche, es wird dir schmecken.»

«Perfekt», sagte Harold mit einem zustimmenden Nicken. «Ich bin gespannt.»

Während Jamie sich daranmachte, das vegane Kichererbsenchili für Harold zuzubereiten, konnte er nicht umhin, das warme Gefühl zu bemerken, das sich in seiner Brust ausbreitete.

«So, bitte schön», sagte er, als er Harolds Mahlzeit servierte. «Ich hoffe, es schmeckt dir wirklich.»

Harold sah auf, sein Gesichtsausdruck wechselte von nachdenklich zu einem offenen Lächeln.

«Das sieht fantastisch aus, Jamie. Danke.»

Während Harold aß, konnte Jamie nicht umhin, nervös zu sein. Es war ihm tatsächlich wichtig, dass sein Gericht gut bei dem attraktiven Feuerwehrmann ankam.

«Das ist wirklich ausgezeichnet», sagte Harold, nachdem er einige Bissen genossen hatte. «Du hast ein unglaubliches Talent.»

Jamies Anspannung löste sich in Luft auf, und ein Gefühl des Stolzes erfüllte ihn.

«Danke, Harold. Das bedeutet mir viel, besonders von jemandem, der sich so für die Menschen einsetzt.»

Für einen Moment saßen sie schweigend da, jeder in seinen Gedanken verloren, doch es war eine angenehme Stille, gefüllt mit gegenseitigem Respekt und einer wachsenden Zuneigung.

«Ich... ich würde dir gerne etwas anbieten», begann Jamie zögerlich. «Als Dankeschön, nicht nur für heute, sondern für alles, was du und deine Kollegen für uns tun. Wie wäre es mit einem Essen hier, immer wenn du magst, aufs

Haus?»

Harold blickte überrascht auf.

«Das ist wirklich sehr großzügig von dir, Jamie, aber ich kann das nicht annehmen. Wir tun nur unseren Job.»

«Bitte», drängte Jamie. «Es ist das Mindeste, was ich tun kann. Und es ist keine einmalige Sache. Betrachte es als eine offene Einladung. Jederzeit.»

Nach einem Moment des Nachdenkens nickte Harold schließlich.

«In Ordnung, aber nur unter einer Bedingung», sagte er mit einem schiefen Lächeln. «Du lässt mich irgendwann für dich kochen. Ich bin vielleicht kein Profi wie du, aber ich kann mich in der Küche behaupten.»

Jamies Herz machte einen kleinen Sprung.

«Das ist ein Deal», antwortete er, das Lächeln breit und echt. «Ich freue mich darauf.»

Harold gab den leeren Teller ab und wandte sich um zum Gehen.

«Bis bald, Jamie», sagte er, bevor er sich entfernte.

«Bis bald, Harold», erwiderte Jamie und sah ihm nach, bis er außer Sichtweite war.

# Kapitel 2

Nachdem sie einige Tage lang nur flüchtige Blicke und kurze Gespräche am Food-Truck ausgetauscht hatten, beschloss Jamie, Harold zu einem Abendessen einzuladen.

Nicht an seinem Arbeitsplatz, sondern in einem kleinen, gemütlichen Restaurant in der Stadt, das für seine innovativen Gerichte bekannt war. Es war ein mutiger Schritt, einer, der ihre wachsende Verbindung auf eine neue Ebene heben sollte.

Als Harold eintraf, fand er Jamie bereits am Tisch sitzend, ein leicht nervöses Lächeln auf den Lippen.

«Harold, schön, dass du da bist. Ich hoffe, der Ort ist in Ordnung für dich», begrüßte Jamie ihn, während er aufstand.

«Perfekt», erwiderte Harold, sein Lächeln erhellte den Moment. «Ich bin gespannt, was du ausgesucht hast.»

Während sie auf ihre Bestellungen warteten, fiel die anfängliche Anspannung schnell von ihnen ab. Die Unterhaltung floss natürlich, als würden sie an einem langen, gemeinsamen Faden ihrer Geschichten weben. Jamie erzählte von den Anfängen seines Food-Trucks, von den Herausforderungen und Triumphen, die er erlebt hatte.

Harold seinerseits teilte Anekdoten aus seinem Alltag als Feuerwehrmann, von den Momenten, die ihn geprägt hatten.

«Ich habe nie wirklich darüber nachgedacht, wie ähnlich unsere Berufe in gewisser Weise sind», bemerkte Jamie nachdenklich. «Beide setzen wir uns für die Menschen ein, auf unsere eigene Art und Weise.»

Harold nickte.

«Ja, das stimmt. Es geht darum, einen Unterschied zu machen, nicht wahr? Egal, ob es darum geht, ein Feuer zu löschen oder jemandem mit einem guten Essen ein Lächeln ins Gesicht zu zaubern.»

Das Essen kam, und während sie aßen, vertiefte sich ihre Verbindung weiter. Es war, als würden sie nicht nur die Speisen teilen, sondern auch ein Stück ihres Lebens. Lachen und ernste Momente wechselten sich ab, und es war offensichtlich, dass zwischen ihnen mehr als nur Freundschaft entstand.

«Weißt du», begann Harold zögerlich, während er mit seiner Gabel spielte, «ich habe in letzter Zeit viel darüber nachgedacht… über uns.»

Jamie hielt inne, sein Herz klopfte ein wenig schneller.

«Und zu welchem Schluss bist du gekommen?», fragte er leise.

«Dass ich mehr Zeit mit dir verbringen möchte», antwortete Harold, sein Blick fest auf Jamie gerichtet. «Nicht nur, weil dein Essen echt lecker ist, sondern weil ich… weil ich dich wirklich mag, Jamie.»

Diese Worte zu hören, war wie ein Sprung ins kalte Wasser – erschreckend und doch belebend zugleich. Jamie spürte, wie seine Wangen heiß wurden, aber er lächelte.

«Das… das Gefühl kann ich nur zurückgeben, Harold.»

Die Tage nach ihrem Abendessen fühlten sich für Jamie und Harold wie in einem angenehmen Traum an, in dem die Zeit langsamer zu vergehen schien.

Ihre Treffen wurden häufiger, oft nach Harolds Schichten oder wenn Jamie eine Pause von seinem geschäftigen Food-Truck-Alltag nahm.

Eines Morgens entdeckte Jamie, als er seinen Truck für den Tag vorbereitete, dass jemand die Seiten seines liebevoll gestalteten Food-Trucks mit Graffiti beschmiert hatte.

Die bunten, kunstvollen Designs, die so viele Geschichten und Erinnerungen trugen, waren nun verdeckt von sinnlosen Schmierereien und Beleidigungen.

Der Anblick schnitt tief in sein Herz, und ein Gefühl der Hilflosigkeit überkam ihn.

Ohne groß nachzudenken, griff Jamie zum Telefon und wählte Harolds Nummer. Als Harold abnahm, versuchte Jamie, seine Fassung zu bewahren, doch seine Stimme zitterte.

«Harold, jemand hat meinen Truck ruiniert», brachte er mühsam hervor.

«Ich bin in fünf Minuten da», war Harolds sofortige Antwort, keine Spur von Zögern in seiner Stimme.

Harold fand Jamie vor seinem Food-Truck stehend, die Augen fest auf den beschädigten Lack gerichtet. Ohne ein Wort zu sagen, trat Harold an Jamie heran und legte ihm eine Hand auf die

Schulter, ein stilles Zeichen seiner Unterstützung.

«Wir kriegen das wieder hin», sagte Harold, seine Stimme fest und beruhigend. «Hast du eine Idee, wer das gewesen sein könnte?»

Jamie schüttelte den Kopf.

«Nein, ich… ich verstehe es einfach nicht. Wer würde so etwas tun?»

«Lass uns erstmal die Polizei rufen und den Schaden melden. Dann kümmern wir uns um die Reinigung. Ich helfe dir», bot Harold an, und Jamie spürte, wie ein kleines Stück der Last von seinen Schultern fiel.

Nachdem die Formalitäten erledigt waren, machten sich Jamie und Harold gemeinsam an die Arbeit, das Graffiti zu entfernen. Es war ein mühsamer Prozess, bei dem jeder Strich, den sie beseitigten, sie ein kleines Stück näher zusammenbrachte.

n diesen stillen Momenten der Zusammenarbeit fand Jamie Trost in

Harolds ruhiger Präsenz und der unerschütterlichen Unterstützung, die er ihm bot.

«Danke, dass du hier bist, Harold», sagte Jamie, als sie eine Pause einlegten. «Ich weiß nicht, was ich ohne dich gemacht hätte.»

Harold lächelte und reichte Jamie eine Flasche Wasser.

«Dafür sind Freunde da, Jamie. Wir lassen uns von so etwas nicht unterkriegen, okay?»

Jamie nickte, erfüllt von einer tiefen Dankbarkeit. In diesem Moment, umgeben von der Unordnung und dem Chaos, das jemand in sein Leben gebracht hatte, fühlte Jamie sich seltsam optimistisch.

Mit Harold an seiner Seite schien kein Problem zu groß, keine Herausforderung unüberwindbar.

An einem kühlen Samstagmorgen beschloss Jamie, Harold eine Überraschung zu bereiten. Statt den Tag hinter dem Tresen seines Food-Trucks zu verbringen, wollte er Harold bei seiner Arbeit besuchen und vielleicht sogar einen Teil des Tages zusammen verbringen.

Harold hatte immer wieder kleine Einblicke in seinen Alltag als Feuerwehrmann gegeben, aber Jamie wollte diese Welt mit eigenen Augen sehen, um Harolds Leidenschaft und Hingabe besser zu verstehen.

Als Jamie an der Feuerwache ankam, wurde er mit Wärme und Freundlichkeit von Harolds Kollegen begrüßt. Harold selbst, sichtlich überrascht, aber erfreut über Jamies unangekündigten Besuch, führte ihn stolz durch die Wache. Er zeigte Jamie die verschiedenen Fahrzeuge und Ausrüstungsgegenstände.

«Das hier ist unser neuestes Löschfahrzeug. Ausgestattet mit allem, was wir brauchen, um schnell und effizient zu reagieren.»

Jamie war beeindruckt von der Technik und der Ordnung und nickte anerkennend.

«Ich kann mir vorstellen, dass in einem Notfall jede Sekunde zählt.»

«Genau», bestätigte Harold. «Alles hier ist darauf ausgelegt, uns zu helfen, Leben zu retten. Es ist mehr als nur ein Job für uns; es ist eine Berufung.»

Als sie an der Trainingsanlage vorbeikamen, beobachteten sie eine Gruppe von Feuerwehrleuten bei einer Übung.

«Siehst du, wie sie das Gebäude betreten?», fragte Harold. «Jede Bewegung ist koordiniert. Teamarbeit ist in unserem Beruf das A und O.»

«Es ist beeindruckend», sagte Jamie, die Entschlossenheit und Disziplin der Feuerwehrleute bewundernd. «Deine Arbeit… sie erfordert so viel Mut und Hingabe.»

«Wir tun unser Bestes», antwortete Harold bescheiden. «Aber weißt du, Jamie, ich sehe in dem, was du tust, genauso viel Wert. Du bringst den Menschen Freude, eine Pause vom Alltag. Das ist auch eine Art, Leben zu retten, auf deine eigene Weise.»

Diese Worte ließen Jamie innehalten, ein warmes Gefühl der Anerkennung breitete sich in ihm aus.

«Danke, Harold. Das bedeutet mir viel.»

Als der Rundgang endete und sie den Nachmittag im Park verbrachten, vertiefte sich ihre Verbindung weiter. Sie tauschten Gedanken und Hoffnungen aus, umgeben von der friedlichen Natur.

«Heute war ein guter Tag», sagte Jamie schließlich, als sie auf einer Bank saßen und den Sonnenuntergang beobachteten.

«Einer von vielen, hoffe ich», erwiderte Harold, seine Hand leicht auf Jamies Arm legend. «Ich bin froh, dass du in mein Leben getreten bist, Jamie.»

Jamie und Lena machten gerade sauber, als Anna vorbeikam. Sie wirkte besorgt, als sie sich Jamie näherte.

«Jamie, ich habe etwas gehört, und ich weiß nicht, ob ich es erwähnen soll...», begann sie zögerlich.

«Was ist los, Anna?», fragte Jamie, während er eine Pause von der Arbeit machte.

«Nun, ich bin heute Nachmittag an Christophs Truck vorbeigegangen – du weißt schon, der andere Food-Truck ein paar Straßen weiter. Und einige Leute dort... sie haben ziemlich abfällig über deinen Truck gesprochen. Christoph hat nichts dazu gesagt, aber er hat auch nicht widersprochen. Es war irgendwie... merkwürdig.»

Jamie spürte, wie sich sein Magen zusammenzog.

«Danke, dass du es mir sagst, Anna.»

Nachdem Anna gegangen war, tauschte Jamie einen Blick mit Lena aus.

«Was denkst du darüber?», fragte er.

Lena zuckte mit den Schultern.

# Kapitel 3

Der Food-Truck, ein Zentrum der Gemeinschaft und des kulinarischen Genusses, benötigte einige kleinere Reparaturen.

«Ich denke, wir sollten die Scharniere an der Servierklappe heute noch festziehen», sagte Jamie zu Lena, während er seine Werkzeugkiste durchwühlte.

«Lass mich das machen», bot Lena an, immer bereit, ihre Fähigkeiten unter Beweis zu stellen. «Du könntest dich stattdessen um den Generator kümmern. Er hat gestern Abend komische Geräusche gemacht.»

Während sie arbeiteten, gesellte sich Herr Müller, ein pensionierter Lehrer und einer der treuesten Stammkunden, zu ihnen.

«Guten Morgen, ihr Fleißigen! Braucht ihr vielleicht einen zusätzlichen Handwerker?»

Sein Angebot war halb scherzhaft, begleitet von einem warmherzigen Lächeln.

«Danke, Herr Müller», antwortete Jamie lachend. «Im Moment haben wir alles im Griff, aber ein Becher Kaffee würde uns sicher nicht schaden.»

«Kaffee, den kann ich besorgen», entgegnete Herr Müller und machte sich auf den Weg zum nächsten Café, entschlossen, seinen Teil beizutragen.

Währenddessen näherte sich Harold dem Food-Truck, ein Lächeln auf den Lippen, als er Jamie und Lena bei der Arbeit sah.

«Sieht aus, als könnte hier jemand ein professionelles Auge gebrauchen», rief er ihnen zu.

Jamie blickte auf und sein Herz machte einen kleinen Sprung bei dem Anblick Harolds.

«Hey, du kommst genau richtig. Könntest du dir den Generator ansehen? Er macht Sorgen.»

Zusammen mit Harold machte sich Jamie daran, den Generator zu überprüfen, während Lena die letzten Handgriffe an der Servierklappe machte. Die gemeinsame Arbeit, begleitet von leichtem Geplänkel und Lachen, ließ die Zeit wie im Flug vergehen.

Als sie eine Pause einlegten, reichte Harold Jamie einen Becher Kaffee, den Herr Müller mitgebracht hatte. Ihre Hände berührten sich kurz, und für einen Moment hielt die Welt den Atem an. Jamie spürte eine Wärme, die nichts mit dem dampfenden Kaffee zu tun hatte.

«Danke», sagte Jamie, ein wenig verlegen, aber mit einem Lächeln, das er nicht unterdrücken konnte.

«Immer wieder gern», erwiderte Harold, sein Blick einen Moment länger auf Jamie ruhend, als vielleicht üblich.

Sophie, eine junge Studentin und ebenfalls Stammkundin, trat hinzu, begeistert von der kleinen Versammlung.

«Ihr seht aus, als hättet ihr Spaß!
Braucht ihr Hilfe?»

«Wir sind fast fertig, danke, Sophie»,
antwortete Lena. «Aber du kannst
gerne bleiben und uns Gesellschaft leisten.»

Als der Tag voranschritt, fühlte Jamie
sich von einer tiefen Dankbarkeit
erfüllt. Dankbar für Freunde wie Lena,
für Stammkunden, die zu Freunden
geworden waren, und für Harold, der
mit jeder Begegnung wichtiger für ihn
wurde.

Nach einem Tag voller Arbeit und
Gemeinschaftsgefühl beschlossen Jamie
und Harold, den Abend in Jamies kleinem, gemütlichen Zuhause ausklingen
zu lassen. Jamie hatte vorgeschlagen,
gemeinsam zu kochen, eine Idee, die
Harold mit begeistertem Interesse aufgenommen hatte.

Während Jamie die Zutaten für eine
einfache, aber köstliche Pasta vorbereitete, wählte Harold sorgfältig Musik

aus, die im Hintergrund leise spielte und eine warme, einladende Atmosphäre schuf. Dann half er Jamie beim Schneiden der Kräuter und des Gemüses. Die Küche füllte sich schnell mit den Düften frisch gehackter Kräuter und schmelzenden Käses.

Jamie bereitete geschickt die Soße für ihre Pasta zu und Harold stand neben ihm. Er beobachtete jedes Detail. Nach einem Moment des stillen Zusehens sagte Harold mit einem anerkennenden Unterton: «Es ist jedes Mal wieder beeindruckend zu sehen, wie du kochst. Deine Leidenschaft dafür ist offensichtlich – kein Wunder, dass dein Food-Truck so beliebt ist.»

Jamie blickte kurz auf, ein Lächeln umspielte seine Lippen.

«Danke, Harold. Es bedeutet mir viel, dass du das anerkennst. Kochen ist mehr als nur ein Beruf für mich; es ist eine Art, mich auszudrücken und mit anderen zu verbinden.»

«Das spürt man», erwiderte Harold ehrlich. «Jedes Gericht von dir erzählt eine Geschichte. Ich fühle mich geehrt, dass ich heute Abend Teil dieser Geschichte sein darf.»

Nachdem sie gegessen hatten, räumten sie gemeinsam auf und ließen sich dann mit zwei Gläsern Wein auf dem Sofa nieder. Der Film, den sie ausgewählt hatten, lief zwar im Hintergrund, doch ihre Aufmerksamkeit galt mehr ihren Gesprächen als der Handlung auf dem Bildschirm.

In einem Moment des Schweigens, als die Emotionen des Films eine besonders romantische Szene einleiteten, fanden Jamies und Harolds Blicke sich. Etwas in der Luft schien zu knistern, eine unausgesprochene Frage, die im Raum hing.

Harold legte sein Glas ab und wandte sich Jamie zu, seine Stimme weich.

«Jamie, ich…», er hielt inne, suchte nach den richtigen Worten. «Ich bin

wirklich froh, dass ich dich kennengelernt habe.»

«Ich auch, Harold», flüsterte Jamie,
seine Stimme kaum hörbar über die
Musik. «Du bedeutest mir mehr, als ich
zu sagen vermag.»

Und dann, fast wie von selbst, verrin-
gerte sich der Abstand zwischen ihnen.
Ihr erster Kuss war zögerlich, ein vor-
sichtiges Erforschen, doch schnell
gewann er an Vertrauen und Tiefe.

In diesem Moment gab es nichts außer
ihnen, eine Blase der Zuneigung und
des gegenseitigen Verstehens, die sie
vollständig umgab.

Als sie sich schließlich voneinander
lösten, war es, als hätten sie eine neue
Ebene ihrer Beziehung erreicht, ein
stillschweigendes Einverständnis, dass
dies nur der Beginn von etwas Bedeu-
tungsvollem war.

«Ich denke, das war der beste
Abschluss eines perfekten Tages», sagte
Harold leise, seine Hand suchte Jamies.

Jamie nickte, sein Herz schlug schnell vor Glück und Erleichterung. «Ja, das war es.»

In den Tagen nach dem besonderen Abend mit Harold fand Jamie nicht nur in seiner aufkeimenden Beziehung Trost, sondern auch in der steten Unterstützung, die Lena ihm bot.

Ihre Freundschaft, ein starker Pfeiler in seinem Leben, wurde durch die jüngsten Herausforderungen nur noch tiefer.

An einem sonnigen Nachmittag, während Jamie mit den Vorbereitungen für den kommenden Betriebstag beschäftigt war, gesellte sich Lena zu ihm, ihre Hände voll mit frischen Kräutern und Gemüse vom Markt.

«Ich dachte, wir könnten heute etwas Neues ausprobieren», sagte Lena, ihre Augen leuchteten vor Begeisterung. «Wie wäre es mit einem veganen Wrap? Ich habe alles besorgt, was wir brauchen.»

Jamie, überrascht aber erfreut über

Lenas Initiative, stimmte begeistert zu. Während sie gemeinsam in der kleinen Küche des Food-Trucks hantierten, fühlte Jamie eine tiefe Dankbarkeit.

Lena war mehr als nur eine Mitarbeiterin; sie war eine Freundin, die in guten wie in schlechten Zeiten an seiner Seite stand.

Während sie arbeiteten, kamen Sophie und Herr Müller vorbei, neugierig auf die neuen Kreationen, die sie durch das offene Fenster des Food-Trucks rochen.

«Das riecht ja fantastisch hier», rief Sophie, als sie sich der kleinen Schlange anschloss, die sich bereits gebildet hatte.

«Jamie und Lena übertreffen sich mal wieder selbst», fügte Herr Müller hinzu, ein Lächeln auf seinem Gesicht.

Die Anerkennung und die freundlichen Worte ihrer Stammkunden wärmten Jamies Herz. Es waren diese Momente, die ihm zeigten, wie sehr sein Food-Truck ein Teil der Gemeinschaft geworden war.

Nachdem der Betriebstag zu Ende ging, saßen Jamie und Lena zusammen und genossen die Ruhe nach dem Sturm. Lena brachte das Gespräch auf Harold, ihre Neugierde nicht verbergend.

«Er ist gut für dich, Jamie. Ich habe dich selten so… ausgeglichen gesehen», sagte sie vorsichtig, ihre Augen suchten Jamies.

Jamie lächelte, ein weiches Leuchten in seinen Augen.

«Ja, das ist er. Es fühlt sich alles noch sehr neu an, aber richtig. Ich bin glücklich, Lena.»

«Das freut mich zu hören. Du hast jemanden wie Harold verdient», erwiderte Lena, ihre Stimme voll aufrichtiger Wärme. «Und er dich.»

In diesem Moment der Stille, geteilt zwischen zwei Freunden, wurde Jamie bewusst, wie sehr die Menschen in seinem Leben – Lena, Harold, sogar Anna, Sophie und Herr Müller – ihm

Kraft gaben. Sie waren sein Anker, sein Zuhause.

Eines Nachmittags, gerade als Jamie den Food-Truck nach einem erfolgreichen Tag schließen wollte, erhielt er einen Anruf.

Eine lokale Tierschutzorganisation suchte nach Sponsoren für ein bevorstehendes Event. Sie hatten von Jamies Food-Truck gehört und wollten wissen, ob er Interesse hätte, das Event kulinarisch zu unterstützen.

Nachdem Jamie den Anruf beendet hatte, drehte er sich zu Harold und Lena um, ein aufgeregtes Funkeln in seinen Augen.

«Wir haben die Chance, bei einem Tierschutz-Event mitzuwirken. Was haltet ihr davon?»

Lena sprang vor Begeisterung auf.

«Das ist eine fantastische Idee! Wir könnten… oh, wir könnten sogar ein paar spezielle Gerichte kreieren, nur für den Tag!»

Harold nickte zustimmend.

«Und ich kann bei der Logistik helfen. Wie wäre es, wenn wir den Truck ein bisschen schmücken? Etwas, das Aufmerksamkeit erregt und zum Thema passt.»

Jamie lächelte, dankbar für ihre Unterstützung.

«Genau das hatte ich im Sinn. Ich dachte an ein Menü mit tierfreundlichen, veganen Optionen. Was meint ihr?»

«Perfekt!», stimmte Lena zu. «Ich kenne ein paar Rezepte, die wir anpassen könnten. Und ich kann morgen früh zum Markt gehen und frische Zutaten besorgen.»

Wenige Tage später versammelten sich die drei in Jamies Wohnung, um ihre Strategie für das kommende Event zu planen.

Eine große Karte des Tierheims lag auf dem Tisch ausgebreitet, darauf markiert: der perfekte Standort für den

Food-Truck.

«Wenn wir hier parken, direkt am Eingang, können wir nicht übersehen werden», erklärte Jamie, während er auf einen Punkt nahe dem Haupttor zeigte. «Es gibt genug Platz für die Warteschlange und wir sind direkt im Geschehen.»

Lena, die vor ihrem Laptop saß, nickte zustimmend. «Ich habe schon einige Ideen für das Menü. Wie wäre es mit tierfreundlichen, veganen Snacks? Das passt zum Thema und ist etwas, das wir gut vorbereiten können.»

Harold, der sich die Logistik ansah, fügte hinzu: «Ich kümmere mich um den Transport und sicher, dass wir alles haben, was wir brauchen. Zelte, Tische, Stühle… Ich will, dass unser Stand nicht nur auffällt, sondern auch einladend ist.»

Die nächste Woche verging in einem Wirbel aus Vorbereitungen. Jamie kreierte das spezielle Menü, während Lena dafür sorgte, dass alle Zutaten frisch und in ausreichender Menge vorhanden waren. Harold organisierte das zusätzliche Equipment und stellte sicher, dass der Food-Truck für den Transport bereit war.

Anna, Sophie und Herr Müller, die von dem Plan erfuhren, boten begeistert ihre Hilfe an. Sophie übernahm die Aufgabe, die Veranstaltung in sozialen Medien zu bewerben und entwarf Flyer, die das Event ankündigten.

Anna, die ein Händchen für Dekoration hatte, half dabei, den Food-Truck und den Standplatz ansprechend zu gestalten. Herr Müller verteilte die von Sophie ausgedruckten Flyer.

Am Tag vor dem Event trafen sich alle am Food-Truck, um die letzten Vorbereitungen zu treffen. Mit vereinten Kräften wurde der Truck beladen, die Zelte und Banner aufgestellt und alles für den nächsten Tag vorbereitet.

«Das wird großartig», sagte Jamie, als

sie in den späten Abendstunden einen Schritt zurücktraten, um ihre Arbeit zu betrachten. Der Food-Truck, nun bereit für das Event, strahlte inmitten der vorbereiteten Dekorationen und Banner.

Nachdem der letzte Handgriff getan war, lehnte sich Jamie gegen die Seite seines Food-Trucks und ließ seinen Blick über das Tierheimgelände schweifen, das sich bereits mit Besuchern zu füllen begann. Die Sonne schien warm, und eine leichte Brise trug die Gerüche des Sommers und das Klingen fröhlicher Stimmen zu ihm.

«Sieht so aus, als würde es ein erfolgreicher Tag werden», sagte Harold, der sich neben Jamie stellte. Sein Blick war voller Bewunderung, nicht nur für die Szenerie vor ihnen, sondern auch für Jamie.

«Ich hoffe es», erwiderte Jamie, seine Stimme von einer leichten Nervosität gefärbt. «Es bedeutet mir viel, dass wir heute hier sein können, um zu helfen.»

Als das Event offiziell begann, waren Jamie, Harold und Lena unermüdlich im Einsatz. Der Duft frisch zubereiteter, veganer Snacks zog viele Besucher an, und bald bildete sich eine Schlange vor dem Food-Truck

Jamie fand sich in einem Rhythmus aus Kochen, Servieren und Lächeln wieder, unterstützt von Harold und Lena, die beide dafür sorgten, dass alles reibungslos ablief.

Während einer kurzen Verschnaufpause kam ein Vertreter des Tierheims zum Truck, um sich persönlich zu bedanken. «Eure Unterstützung heute macht einen echten Unterschied. Danke, dass ihr Teil unseres Teams seid.»

Diese Worte berührten Jamie tief.

Er blickte zu Harold und Lena, ein Gefühl des Stolzes und der Zufriedenheit in seinem Herzen.

«Das ist es, was zählt», sagte er leise.

Als das Event zu Ende ging und die

letzten Gäste das Gelände verließen,
halfen alle zusammen, den Standplatz
aufzuräumen und den Food-Truck für
die Rückfahrt vorzubereiten. Es war
anstrengend gewesen, aber jeder
Muskelkater und jede Müdigkeit fühlten sich lohnend an.

Auf der Fahrt zurück in die Stadt, mit
dem Food-Truck sicher hinter ihnen,
ließen Jamie und Harold den Tag Revue
passieren. Die Gespräche drehten sich
um die kleinen Momente des Tages, die
Lacher, die sie geteilt hatten, und die
Geschichten der Tiere, denen sie
geholfen hatten.

«Heute war ein wirklich besonderer
Tag», sagte Harold, während sie die
letzten Gegenstände aus dem Truck
räumten.

Jamie nickte, sein Blick traf Harolds.

In diesem Moment, in der Stille nach
einem langen Tag voller Arbeit und
gemeinsamer Erlebnisse, fühlte Jamie
eine tiefe Verbundenheit mit Harold.

Ohne ein weiteres Wort zu wechseln, teilten sie einen langen, bedeutungsvollen Blick, der mehr sagte, als Worte es je könnten.

# Kapitel 4

Die letzten Strahlen der untergehenden Sonne tauchten Jamies kleines Wohnzimmer in ein sanftes, warmes Licht, als er und Harold sich auf das Sofa sinken ließen. Ein gemütlicher Abend stand bevor, eine seltene Gelegenheit für beide, dem Trubel des Alltags zu entfliehen und einfach die Gesellschaft des anderen zu genießen.

Jamie hatte einen kleinen Tisch liebevoll mit Kerzen und einem einfachen, aber köstlichen Abendessen gedeckt. Das Menü bestand aus einer Auswahl an Tapas – kleine, liebevoll zubereitete Häppchen, perfekt zum Teilen. Harold hatte eine Flasche Wein mitgebracht, deren Etikett von einer kleinen, lokalen Kellerei zeugte.

«Das sieht alles fantastisch aus, Jamie», sagte Harold, während er den Wein einschenkte. «Du hast wirklich ein Händchen dafür, eine gemütliche Atmosphäre zu schaffen.»

«Danke», erwiderte Jamie mit einem bescheidenen Lächeln. «Ich wollte, dass dieser Abend etwas Besonderes wird. Wir haben beide so hart gearbeitet, da ist es schön, mal einen Gang runterzuschalten.»

Während sie aßen, tauschten sie Geschichten aus – von lustigen Erlebnissen am Food-Truck bis hin zu tiefgründigeren Themen, wie ihren Hoffnungen und Träumen. Jamie erzählte von seinen frühen Tagen als Koch, den Herausforderungen und den kleinen Siegen. Harold hörte aufmerksam zu, seine Augen leuchteten vor Interesse.

«Und was ist mit dir?», fragte Jamie. «Warst du schon immer bei der Feuerwehr?»

Harold lehnte sich zurück, ein nachdenklicher Ausdruck auf seinem Gesicht.

«Fast. Als Kind wollte ich Astronaut

werden», gab er zu, ein leises Lachen in seiner Stimme. «Aber irgendwann habe ich erkannt, dass ich direkt hier auf der Erde helfen will. Und da war die Feuerwehr der logische Schritt.»

Das Gespräch floss natürlich, und zwischen den beiden entstand ein Gefühl der Vertrautheit und Nähe, das tiefer ging als je zuvor. Sie lachten viel, und gelegentlich berührten sich ihre Hände, ein zufälliges, aber elektrisierendes Gefühl.

Als der Abend sich dem Ende zuneigte, rückten sie auf dem Sofa näher zusammen. Ihre Gesichter waren nur noch wenige Zentimeter voneinander entfernt, ihre Blicke ineinander verfangen.

«Jamie», begann Harold, seine Stimme kaum mehr als ein Flüstern, «ich… »

Aber bevor er seinen Satz beenden konnte, zog Jamie ihn sanft zu sich heran und ihre Lippen trafen sich in einem zärtlichen, aber leidenschaftlichen Kuss. Es war ein Moment, in dem die Zeit stillzustehen schien, ein Moment, der ausschließlich ihnen gehörte.

Die Stille des Abends umhüllte Jamie und Harold, als sie eng nebeneinander auf dem Sofa saßen, die Nachwirkungen ihres ersten Kusses genießend.

Die Kerzen flackerten sanft, und der Raum war erfüllt von einer Atmosphäre der Zufriedenheit und des neuen Verständnisses füreinander. In diesem Moment des Friedens und der Nähe erinnerte sich Jamie plötzlich an etwas Wichtiges.

«Oh nein», entfuhr es ihm leise, während er aufsprang, eine Spur von Panik in seiner Stimme. Harold blickte überrascht auf, alarmiert durch Jamies plötzlichen Ausbruch.

«Was ist los, Jamie?», fragte Harold, seine Augen voller Sorge.

Jamie lief unruhig von einem Fuß auf den anderen.

«Ich… ich habe mein Notizbuch im Food-Truck gelassen. Es ist nicht nur irgendein Notizbuch. Es enthält alle meine Rezepte, Ideen… alles. Ich muss es für morgen früh haben.»

Harolds Ausdruck wechselte von Sorge zu Verständnis.

«Okay, lass uns zurück zum Truck fahren und es holen. Ist doch kein Problem.»

Trotz der späten Stunde und der unterbrochenen Ruhe waren beide schnell bereit, sich auf den Weg zu machen. Die Fahrt zum Parkplatz, wo der Food-Truck über Nacht stand, war kurz, aber die Stille im Auto war geladen mit einer Mischung aus Anspannung und der noch frischen Erinnerung an ihre Nähe. Als sie den Parkplatz erreichten, schaltete Jamie die Scheinwerfer aus, und sie stiegen aus. Der Parkplatz lag in Dunkelheit, nur schwach beleuchtet von einigen entfernten Straßenlampen. Doch bevor sie den Truck erreichten, stoppte Jamie plötzlich.

«Siehst du das?», flüsterte er und deutete auf eine schwache Rauchfahne, die sich aus der Richtung des Trucks kräuselte.

Harold, dessen Sinne sich sofort schärften, erkannte die Gefahr.

«Feuer», sagte er knapp und beschleunigte seine Schritte.

Sie rannten los.

Die schwachen Rauchfahnen, die sie zuerst bemerkt hatten, waren ein deutliches Warnsignal, und jede Sekunde zählte.

Harold, der durch seine Erfahrung bei der Feuerwehr gut auf solche Situationen vorbereitet war, handelte sofort.

«Hast du einen Feuerlöscher im Truck?», rief er über seine Schulter, während er zur Tür eilte.

«Ja, hinten», antwortete Jamie, sein Herzschlag beschleunigte sich bei der Vorstellung, was passieren könnte, wenn sie das Feuer nicht schnell unter

Kontrolle bekämen.

Gemeinsam öffneten sie die Tür des Food-Trucks und wurden von einem Schwall Rauch begrüßt. Harold griff nach dem Feuerlöscher, während Jamie, obwohl von der Situation überwältigt, seinem Instinkt folgte und Harold assistierte, indem er die Tür weit offen hielt, um den Rauch abziehen zu lassen.

Mit geübten Bewegungen und ruhiger Präzision bekämpfte Harold die Flammen. Die Minuten vergingen wie in Zeitlupe, bis schließlich das letzte Zischen des Feuers verstummte und nur der Geruch von Rauch und das Nachglühen der überwundenen Gefahr zurückblieben.

Als das Adrenalin langsam nachließ, sahen sie sich im fahlen Licht des Parkplatzes an, ihre Blicke trafen sich in einer Mischung aus Erleichterung.

«Das war knapp», keuchte Jamie, seine Stimme zitterte leicht vor der Anspannung der letzten Minuten.

Nachdem die unmittelbare Gefahr gebannt war und sie sich einen Moment gegönnt hatten, um durchzuatmen, erinnerte Jamie sich plötzlich an den ursprünglichen Grund für ihre nächtliche Rückkehr zum Food-Truck.

«Das Notizbuch», murmelte er und machte sich auf die Suche durch den leicht verrußten Innenraum des Trucks.

Mit einer Taschenlampe, die Harold ihm reichte, leuchtete Jamie die Arbeitsfläche aus, wo er das Notizbuch zuletzt gesehen hatte. Trotz der Unordnung und der Spuren des Feuers fand er es schließlich, versteckt unter einem umgefallenen Gewürzregal.

Zu seiner großen Erleichterung war das Notizbuch unversehrt, geschützt durch seinen robusten Ledereinband.

«Hier ist es», sagte Jamie mit einem erleichterten Seufzer, während er das Notizbuch hochhielt. «Darin steht meine gesamte Arbeit der letzten Jahre.

Ich kann dir gar nicht sagen, was es mir bedeutet, dass es sicher ist. Vielleicht sollte ich doch mal alles auf einen PC übertragen.»

Harold trat näher, ein sanftes Lächeln umspielte seine Lippen.

«Siehst du, nicht alles ist verloren. Wir haben das Schlimmste verhindert, und das hier», er deutete auf das Notizbuch, «ist der Beweis dafür, dass die wichtigsten Dinge erhalten bleiben.»

Jamie nickte, berührt von Harolds Worten. Er steckte das Notizbuch sicher in seine Tasche, ein symbolischer Akt, der die Rettung eines Teils von sich selbst darstellte.

Noch unter dem Eindruck des gerade Erlebten, griff Jamie zu seinem Handy, um die Polizei zu informieren.

Während Harold neben ihm stand, gab Jamie eine kurze Schilderung des Vorfalls ab. Die Beamten versprachen, sofort jemanden zu schicken, und baten sie, am Tatort zu warten.

In der Kühle der Nacht, umgeben von der Stille des leeren Parkplatzes, warteten Jamie und Harold auf die Ankunft der Polizei.

Als diese eintraf, erklärten sie den Vorfall und beantworteten die Fragen der Beamten. Die Professionalität und Ruhe, mit der Harold die Situation handhabte, beeindruckte Jamie zutiefst.

Es war ein weiterer Beweis für die Stärke und den Halt, den Harold ihm bot.

Mit der Zusage der Polizei, den Vorfall zu untersuchen und nach möglichen Ursachen für das Feuer zu suchen, machten sich Jamie und Harold schließlich auf den Weg zurück zu Jamies Wohnung.

Die Anspannung des Abends begann langsam nachzulassen, und auf der Fahrt zurück wechselten sie kaum Worte, doch die Stille zwischen ihnen war komfortabel und vertraut.

Zurück in der Wohnung, entschieden

sie, den Rest der Nacht gemeinsam zu verbringen, um das Erlebte zu verarbeiten und Trost in der Nähe des anderen zu finden. Sie ließen sich auf dem Sofa nieder, eingehüllt in Decken, und teilten eine Flasche Wein, die Harold noch im Auto hatte.

Die Atmosphäre war geprägt von einer neuen, intensiven Nähe. Sie sprachen über ihre Hoffnungen, Ängste und Träume – über alles, was ihnen wichtig war. Es war ein Austausch von Gedanken und Gefühlen, der ihre Bindung noch weiter stärkte.

Als der Wein zur Neige ging und die Uhr tief in die Nacht hinein tickte, fanden Jamie und Harold Trost in einer Umarmung, die langsam in mehr überging. Ihre Küsse waren zärtlich und voller Emotion, ein stilles Versprechen, dass sie füreinander da sein würden, egal was die Zukunft bringen mochte.

In dieser Nacht, fernab von den Flammen und der Angst, entdeckten sie eine neue Ebene ihrer Beziehung.

Es war ein Moment, in dem die Welt außerhalb zu verblassen schien, und alles, was zählte, war die Verbindung, die sie teilten. Die Nacht war gefüllt mit einer tiefen Zuneigung und einem gegenseitigen Verständnis, das keine Worte benötigte.

# Kapitel 5

In der gemütlichen Küche von Jamies Wohnung versammelten sich Jamie, Harold und Lena um den alten Eichentisch, der schon viele Geschichten erlebt hatte.

Die Sonne war gerade untergegangen, und die warme Beleuchtung der Küche schuf eine einladende Atmosphäre für das bevorstehende Treffen. Markus, ein guter Freund von Harold und Polizist, hatte zugesagt, vorbeizukommen, um über die Ermittlungen zum Brand am Food-Truck zu berichten.

Als es an der Tür klopfte, stand Harold auf, um ihn hereinzulassen. «Danke, dass du gekommen bist», begrüßte Harold ihn, als Markus mit einem ernsten, aber freundlichen Gesichtsausdruck die Schwelle überschritt.

«Natürlich», erwiderte Markus, während er sich zu den anderen am Tisch gesellte. «Ich weiß, wie wichtig euch das ist.»

Lena reichte Markus eine Tasse Kaffee, bevor sie sich wieder setzte. Ihre Neugier auf den Mann, der vielleicht Licht ins Dunkel bringen konnte, war unübersehbar.

Markus nahm einen Schluck, bevor er begann. «Ich habe mit den Kollegen gesprochen, die den Fall bearbeiten. Sie sind ziemlich sicher, dass es Brandstiftung war.» Die Worte hingen schwer in der Luft, und Jamies Gesicht verfinsterte sich bei dieser Nachricht.

«Brandstiftung?», wiederholte Jamie leise, seine Stirn in Sorgenfalten gelegt. «Aber warum? Wer würde so etwas tun?»

«Das versuchen sie noch herauszufinden», fuhr Markus fort. «Es gibt noch keine konkreten Verdächtigen, aber die Ermittlungen laufen auf Hochtouren. Ich verspreche euch, ich halte euch auf dem Laufenden, sobald ich mehr weiß.»

Harold legte seine Hand auf Jamies Schulter, ein stilles Zeichen der Unterstützung. Lena, die Markus aufmerksam zugehört hatte, fand ihre Stimme wieder.

«Gibt es irgendetwas, was wir tun können, um zu helfen? Irgendwelche Informationen, die nützlich sein könnten?»

Markus schüttelte den Kopf.

«Im Moment ist das Wichtigste, dass ihr euch nicht in Gefahr bringt. Lasst die Polizei ihre Arbeit machen. Aber ich schätze eure Bereitschaft zu helfen.»

Nachdem Markus die ernsten Neuigkeiten übermittelt hatte, breitete sich eine bedrückende Stille im Raum aus. Jeder war mit seinen Gedanken beschäftigt, die Nachricht von der Brandstiftung und die Ungewissheit darüber, wer hinter dieser Tat stecken könnte, zu verarbeiten.

Lena brach schließlich das Schweigen.

«Es ist einfach nur… erschreckend, zu denken, dass jemand absichtlich Schaden anrichten würde. Jamie, dein Food-Truck ist nicht nur ein Geschäft, sondern ein Teil von dir.»
Ihre Stimme war voller Mitgefühl.
Jamie nickte.
«Danke, Lena. Es ist hart, aber ich weiß, dass wir mit der Unterstützung von Freunden wie euch und der Hilfe der Polizei durch diese Herausforderung kommen werden.»
Harold, der bis dahin schweigend zugehört hatte, fand seine Stimme wieder.
«Markus, weißt du, ob es irgendwelche Hinweise oder Zeugen gibt, die zur Aufklärung beitragen könnten?»
Sein Blick war fest auf Markus gerichtet, suchend nach einem Funken Hoffnung.
Markus lehnte sich zurück, sein Gesichtsausdruck nachdenklich.
«Die Ermittlungen laufen noch, und es

ist zu früh, um konkrete Details zu teilen. Aber ich kann euch versichern, dass jede noch so kleine Information verfolgt wird. Die Kollegen arbeiten hart daran, den Fall zu lösen.»

Die Diskussion verlagerte sich dann auf praktische Überlegungen und die nächsten Schritte für Jamie und seinen Food-Truck. Markus bot Ratschläge an, wie sie die Sicherheit erhöhen und mögliche Risiken minimieren könnten, während sie auf Fortschritte in den Ermittlungen warteten.

Als das Treffen zu einem Ende kam, standen Jamie, Harold und Lena auf, um Markus zur Tür zu begleiten. «Danke, dass du heute Abend hier warst, Markus. Es bedeutet uns viel», sagte Jamie aufrichtig.

«Jederzeit», erwiderte Markus mit einem aufmunternden Lächeln.

«Ich bin nur einen Anruf entfernt, falls ihr etwas braucht. Und ich halte euch auf dem Laufenden.»

# Kapitel 6

An einem ruhigen Vormittag, der auf die aufregenden Ereignisse der vorherigen Nacht folgte, fanden sich Jamie, Harold und Lena in Jamies Wohnung ein. Sie saßen um den alten Holztisch, der schon viele Diskussionen und Planungen erlebt hatte.

Das Tageslicht fiel sanft durch die Fenster und tauchte den Raum in ein beruhigendes Licht. Es war ein neuer Tag, ein Symbol für Neuanfänge und die Möglichkeit, Vergangenes hinter sich zu lassen.

Jamie brach die Stille.

«Ich kann euch gar nicht genug danken, dass ihr gestern Nacht so schnell gehandelt habt. Ohne euch… Ich möchte nicht daran denken, was hätte passieren können.»

Harold legte beruhigend seine Hand auf Jamies Arm.

«Wir sind doch ein Team, Jamie. Wir lassen uns von so etwas nicht unterkriegen.»

Lena nickte zustimmend.

«Genau. Und jetzt geht es darum, nach vorne zu schauen und sicherzustellen, dass so etwas nicht noch einmal passiert.»

Das Gespräch wandte sich den Reparaturen und den notwendigen Sicherheitsmaßnahmen zu, die sie ergreifen mussten. Sie stellten eine Liste zusammen: ein neues Schloss für die Tür, die Reinigung der verrußten Gegenstände, die Installation einer einfachen Alarmanlage und die Reparatur der kleineren Schäden, die durch das Feuer entstanden waren.

«Es ist nichts, was wir nicht bewältigen können», sagte Jamie mit wachsendem Optimismus. «Und vielleicht ist das auch eine Gelegenheit, ein paar Verbesserungen vorzunehmen, die ich schon länger im Kopf hatte.»

Harold lächelte.

«Das klingt nach einem Plan. Ich kenne ein paar Leute bei der Feuerwehr, die uns mit dem Alarmsystem helfen können. Und was die Schäden betrifft, so bin ich mir sicher, dass wir das zusammen mit Lena schnell hinbekommen.»

Lena, die immer bereit war, die Ärmel hochzukrempeln und anzupacken, fügte hinzu:

«Lass uns einen Tag festlegen, an dem wir alle verfügbar sind. Wir können das als eine Art Arbeitstag gestalten, um alles zu erledigen. Ich werde auch Snacks und Musik besorgen, um uns bei Laune zu halten.»

Als der Tag der Reparaturen am Food-Truck anbrach, herrschte eine Atmosphäre tatkräftiger Solidarität, die jedoch ganz natürlich und ohne jede formelle Organisation entstand. Jamie, Harold und Lena waren bereits früh am Morgen am Food-Truck, bereit, mit den

Arbeiten zu beginnen.

Sie hatten nicht mit externer Hilfe gerechnet, doch was dann geschah, berührte Jamie zutiefst.

Einer nach dem anderen tauchten bekannte Gesichter auf. Zuerst kam Herr Müller. Er brachte seine eigene Ausrüstung mit, bereit, wo immer nötig, Hand anzulegen.

«Ich dachte mir, ihr könntet vielleicht ein paar zusätzliche Hände gebrauchen», sagte er mit einem Lächeln, das trotz seines Alters voller Energie und Entschlossenheit war.

Kurz darauf erschien Sophie, eine der jüngeren Stammkundinnen, mit einem Korb voller selbstgebackener Snacks und einer großen Thermoskanne Kaffee.

«Ich kann vielleicht nicht viel mit dem Werkzeug helfen, aber ich kann dafür sorgen, dass niemand hungrig oder durstig wird», erklärte sie fröhlich.

Anna kam mit einem großen Eimer voll

Reinigungsmitteln an. Sie erklärte Sophie die Anwendung und gemeinsam machten sie sich ans Werk.

Während des Tages kamen noch einige andere vorbei, jeder mit dem Wunsch, auf seine Weise zu helfen. Manche brachten zusätzliches Material mit, andere boten ihre handwerklichen Fähigkeiten an, und wieder andere sorgten einfach nur für gute Stimmung. Es war ein Tag geprägt von persönlichem Einsatz und direkter Unterstützung, die zeigte, wie sehr jeder Einzelne Jamie und seinen Traum vom Food-Truck wertschätzte.

Ohne eine formelle Aufforderung oder Koordination hatten sich diese individuellen Akte der Freundlichkeit zu einem beeindruckenden Beispiel dafür verbunden, wie persönliche Beziehungen und direkte Hilfsbereitschaft in schwierigen Zeiten einen Unterschied machen können.

Am Ende des Tages standen Jamie,

Harold und Lena vor einem nicht nur reparierten, sondern durch die gemeinsamen Anstrengungen aufgewerteten Food-Truck.

«Ich hätte nie gedacht, dass so viele bereit wären, uns zu helfen», sagte Jamie, sichtlich bewegt.

Nach dem erfolgreichen Arbeitstag am Food-Truck, der von der spontanen Unterstützung von Jamies Stammkunden geprägt war, fanden sich Jamie, Harold und Lena in Jamies Wohnung zusammen, um die nächsten Schritte zu besprechen.

Die positive Energie des Tages hallte nach und hinterließ ein Gefühl der Hoffnung und des Aufbruchs.

Lena, die mal wieder an ihrem Laptop saß, tippte konzentriert auf der Tastatur.

«Ich aktualisiere gerade unsere Social-Media-Seiten, um allen zu danken, die heute geholfen haben. Es ist wichtig, dass wir zeigen, wie sehr wir ihre

Unterstützung schätzen.»

Jamie, der neben ihr stand, nickte zustimmend.

«Das ist eine gute Idee. Wir sollten auch überlegen, wie wir in den nächsten Tagen wieder eröffnen können. Ich denke, wir sind bereit dazu.»

Harold, der sich mit einem Becher Kaffee in der Hand zurücklehnte, schaute nachdenklich.

«Wir sollten auch Markus informieren. Er wollte auf dem Laufenden gehalten werden, und ich bin mir sicher, dass er erleichtert sein wird zu hören, dass der Truck wieder in Betrieb ist.»

In diesem Moment klingelte Jamies Handy. Es war Markus, der ein Update zu den Ermittlungen geben wollte. Jamie aktivierte den Lautsprecher, sodass Harold und Lena mithören konnten.

«Hi Jamie, ich habe gute Neuigkeiten», begann Markus. «Wir haben genügend Beweise gesammelt, um Christoph Walters mit dem Angriff auf deinen Food-Truck in Verbindung zu bringen. Es sieht so aus, als würden wir bald eine Festnahme vornehmen können.»

Die drei Freunde tauschten erleichterte Blicke aus.

«Das ist fantastisch, Markus. Vielen Dank für all deine harte Arbeit und die deiner Kollegen», antwortete Jamie.

«Kein Problem, Jamie. Es ist nur fair, dass Gerechtigkeit herrscht. Ich halte euch auf dem Laufenden», verabschiedete sich Markus.

Nachdem das Gespräch beendet war, sah Lena zu Jamie und Harold.

«Christoph also. Das hätte ich nicht erwartet.»

«Was mag ihn nur geritten haben», fragte sich Jamie, «wir standen zwar in Konkurrenz zueinander, doch er hatte keine veganen Gerichte und war mehr auf Fleischgerichte ausgerichtet. Wir hätten doch wunderbar weiterhin beide unser Essen verkaufen können? Ich verstehe das nicht.»

«Vielleicht klärt sich das ja noch», sagte Harold. «Ich bin froh, dass ich keine Angst mehr um dich haben muss.»

Jamie lächelte Harold glücklich an.

Während Jamie eines Nachmittags neue Menükarten druckte, klingelte erneut sein Telefon. Es war Markus, der mit Neuigkeiten zu den Ermittlungen anrief. Jamie spürte sofort eine Mischung aus Anspannung und Hoffnung.

«Jamie, wir haben ihn», begann Markus ohne Umschweife. «Christoph wurde festgenommen. Die Beweise waren erdrückend, und nach einigem Zögern hat er gestanden, für den Anschlag auf deinen Food-Truck verantwortlich zu sein.»

Ein Gefühl der Erleichterung durchströmte Jamie.

«Das ist… das ist großartig, Markus. Ich weiß gar nicht, was ich sagen soll. Danke, dass du mich sofort informiert hast.»

«Es war mir ein Anliegen, Jamie. Ich weiß, wie viel dir das bedeutet», antwortete Markus. «Es wird noch eine Weile dauern, bis alles vor Gericht kommt, aber der wichtigste Schritt ist getan. Christoph wird für seine Taten zur Rechenschaft gezogen.»

Der Tag der Wiedereröffnung von Jamies Food-Truck brach an, ein Tag, der nicht nur einen Neuanfang markierte, sondern auch den Sieg der Gerechtigkeit über die Missgunst.

Die frühe Morgensonne tauchte die Straße in ein goldenes Licht, als Jamie, Harold und Lena die letzten Vorbereitungen trafen. Der Food-Truck, nun sicherer und einladender denn je, war bereit, die ersten Kunden zu empfangen.

Während sie auf die ersten Gäste warteten, reflektierten Jamie und Harold über die Ereignisse, die zu diesem Moment geführt hatten.

Markus hatte in einem späteren Gespräch einige Hintergrundinformationen über Christoph preisgegeben, die Jamie und Harold dazu brachten, über die Komplexität menschlicher Motivationen nachzudenken.

«Markus hat mir erzählt, dass Christoph unter enormem Druck stand», sagte Jamie leise, während er eine Kiste mit frischen Zutaten öffnete. «Sein Food-Truck lief nicht gut, und er hatte das Gefühl, von der Konkurrenz überrollt zu werden. Nicht, dass das seine Aktionen rechtfertigt, aber es zeigt, wie Verzweiflung jemanden zu extremen Taten treiben kann.»

Harold nickte nachdenklich.

«Es ist eine traurige Erinnerung daran, dass hinter jeder schlechten Tat oft viel mehr steckt, als wir sehen. Hoffentlich findet Christoph einen Weg, seine Fehler zu bereuen und daraus zu lernen.»

Die Stimmung hellte sich auf, als die

ersten Kunden des Tages ankamen, angelockt durch den Duft von frisch zubereitetem Essen. Unter ihnen waren viele bekannte Gesichter, Stammkunden, die gekommen waren, um ihre Unterstützung zu zeigen, und neue Gäste, neugierig auf die Geschichte des Food-Trucks.

Lena, die zwischen dem Truck und den Gästen hin und her wuselte, konnte ihre Begeisterung kaum verbergen.

«Seht euch das an», rief sie aus. «Es ist, als hätten wir nie geschlossen. Diese Energie, diese Freude – das ist es, was den Food-Truck so besonders macht.»

Der Tag verlief besser, als Jamie es je zu hoffen gewagt hatte.

# Epilog

An einem frischen Morgen, der die Luft mit einer Mischung aus Erwartung und Nostalgie füllte, erwachten Jamie und Harold in ihrem gemeinsamen Heim, einem Ort, der über die Jahre zum Zeugen ihrer Liebe und gemeinsamen Träume geworden war.

Heute war kein gewöhnlicher Tag; es war ihr Hochzeitstag, ein Meilenstein, der sie daran erinnerte, wie weit sie gemeinsam gekommen waren.

Während Jamie in der Küche stand und den Duft von frisch gebrühtem Kaffee in die Luft entließ, schlug Harold die Seiten eines alten Fotoalbums auf. Die Bilder führten sie zurück zu ihrem ersten Treffen, den frühen Tagen des Food-Trucks und all den kleinen und großen Momenten, die ihre Beziehung geformt hatten.

«Erinnerst du dich an diesen Tag?»
Harold zeigte auf ein Foto, das sie
lachend vor dem Food-Truck zeigte,
kurz nachdem sie ihn nach dem Feuer
wieder eröffnet hatten. «Ich glaube, das
war der Moment, als ich wusste… »
Jamie lehnte sich von der Kaffee-
maschine weg und sah über Harolds
Schulter.
«Dass wir ein unschlagbares Team
sind?» Er lächelte, als Harold nickte.
«Ich auch, Harold. Es fühlt sich an, als
ob wir seitdem eine Ewigkeit
zusammen sind, und doch ist jeder Tag
mit dir ein neues Abenteuer.»
Als die Sonne langsam am Horizont
niederging, tauchte sie den Garten in
ein goldenes Licht, das perfekte Zeichen dafür, dass Jamies und Harolds
Jubiläumsfest beginnen sollte.
Die ersten Gäste trafen ein, herzliche
Umarmungen und lachende Begrü-
ßungen erfüllten die Luft, während

Jamie und Harold jeden Einzelnen willkommen hießen.

Es war eine bunte Mischung aus alten Freunden, Familie und natürlich den treuen Stammkunden ihres Food-Trucks, die über die Jahre zu einem festen Bestandteil ihres Lebens geworden waren.

Lena und Markus, die Hand in Hand ankamen, strahlten vor Glück. Ihre Beziehung hatte sich seit jenem entscheidenden Moment, als Markus Lena den Heiratsantrag machte, nur noch vertieft.

Sie waren ein lebendiges Beispiel dafür, wie die Ereignisse rund um den Food-Truck nicht nur Jamie und Harold, sondern auch die Menschen in ihrem Umfeld positiv beeinflusst hatten.

Der Food-Truck selbst war an diesem Abend mehr als nur eine Catering-Station; er war ein Symbol der Gemeinschaft und der Liebe, die Jamie und Harold umgab.

Die sorgfältig zubereiteten Gerichte – jeder Bissen eine Erinnerung an die vielen Geschichten und Abenteuer, die sie erlebt hatten – wurden mit Freude angenommen.

Als die Dämmerung hereinbrach und die Lichterketten den Garten in ein magisches Leuchten tauchten, trat Harold nach vorne, um eine Rede zu halten. Seine Stimme war fest, doch in seinen Augen lag eine tiefe Emotion.

«Als ich Jamie das erste Mal traf, hätte ich mir nie vorstellen können, wohin uns dieser Weg führen würde», begann er. «Jeder Tag, jedes Hindernis, das wir überwunden haben, hat uns stärker gemacht.»

Er drehte sich zu Jamie und nahm dessen Hand.

«Jamie, du bist mein Fels in der Brandung, mein Partner in jedem Sinn. Diese Reise mit dir… es ist das größte Abenteuer meines Lebens.»

Applaus und Jubelrufe erfüllten den Garten, als Jamie zu Harold trat, die Verbindung zwischen ihnen sichtbar für alle. Sie teilten einen Blick, der mehr sagte, als Worte es je könnten – eine stille Bestätigung ihrer Liebe und ihres gegenseitigen Respekts.

Als das Feuerwerk den Nachthimmel erleuchtete, standen Jamie und Harold Hand in Hand da, umgeben von den Menschen, die ihnen am wichtigsten waren.

In diesem Moment, unter dem funkelnden Licht des Feuerwerks, waren sie sich sicher, dass sie bereit waren, gemeinsam jede Herausforderung zu meistern, die die Zukunft noch bereithalten mochte.

# Bastian und Jan
# Dein strahlendes Lächeln

# Kapitel 1

An einem klaren Morgen im Frühling, als die ersten Sonnenstrahlen die kopfsteingepflasterten Straßen einer Kleinstadt erleuchteten, öffnete Bastian zum ersten Mal die Türen seiner Zahnarztpraxis. Sein Herz klopfte vor Aufregung und Nervosität.

Er hatte Jahre darauf hingearbeitet, diesen Traum zu verwirklichen, und nun stand er hier, bereit, einen neuen Lebensabschnitt zu beginnen.

Neben ihm stand Lisa, seine Sprechstundenhilfe, eine junge Frau mit einem ansteckenden Lächeln und einer ruhigen, effizienten Art.

Bastian hatte Lisa eingestellt, weil sie nicht nur über hervorragende organisatorische Fähigkeiten verfügte, sondern auch eine warme und einladende Atmosphäre ausstrahlte, die perfekt zu der Praxis passte, die er sich vorstellte.

Gemeinsam überprüften sie die Terminliste für den Tag und stellten sicher, dass alles bereit war, um die ersten Patienten zu empfangen.

Während sie die letzten Vorbereitungen trafen, klingelte die Glocke über der Tür, und Marlene, die Besitzerin des örtlichen Cafés, trat ein.

In ihren Händen hielt sie zwei dampfende Tassen Kaffee und ein Tablett mit hausgemachten Croissants.

«Zum Einstand», sagte sie mit einem warmen Lächeln. «Ich dachte, Sie könnten eine Stärkung gebrauchen.»

Bastian war überrascht und berührt von dieser Geste.

«Das ist sehr freundlich von Ihnen, vielen Dank», erwiderte er, während er das Tablett entgegennahm.

Marlene war in der Stadt wohlbekannt für ihr großes Herz und ihre Fürsorglichkeit. Sie hatte ein kleines Café am Marktplatz, das ein beliebter Treffpunkt für Einheimische und Touristen gleichermaßen war.

«Ich habe viel von Ihnen gehört, Herr
…?»

«Bastian», stellte er sich vor. «Bastian
Krüger.»

«Ah, ja. Bastian», wiederholte Marlene,
als würde sie sich den Namen ein-
prägen. «Nun, Bastian, ich wünsche
Ihnen viel Erfolg. Wir brauchen mehr
junge, engagierte Leute wie Sie in unserer Stadt. Und vergessen Sie nicht, ab
und zu mal eine Pause zu machen.
Mein Café ist nur ein paar Schritte entfernt, falls Sie einen Kaffee oder ein
offenes Ohr brauchen.»

Bastian lächelte dankbar.

«Das werde ich sicherlich in Anspruch
nehmen. Vielen Dank für Ihre Freundlichkeit.»

Lisa, die das Gespräch mit einem
warmen Lächeln verfolgt hatte, nickte
Marlene zu. Nachdem Marlene
gegangen war, fühlte sich Bastian noch
ermutigter. Die Geste verstärkte sein

Gefühl, dass die Entscheidung, seine Praxis hier zu eröffnen, die richtige gewesen war.

Der Vormittag verging schnell, da Bastian und Lisa mit Patienten beschäftigt waren, die ihre sanfte Herangehensweise und das beruhigende Wesen der Praxis zu schätzen wussten. Jeder erfolgreiche Termin, jedes gelöste Problem und jedes dankbare Lächeln ihrer Patienten bestärkte sie in ihrer Berufung.

Als der Tag sich dem Ende zuneigte, reflektierte Bastian seine Erlebnisse. Trotz der anfänglichen Nervosität fühlte er eine tiefe Zufriedenheit. Er hatte den ersten Schritt gemacht, um nicht nur als Zahnarzt, sondern auch als Teil der Gemeinschaft anerkannt zu werden.

In diesem Moment wusste er, dass er genau dort war, wo er sein wollte.

Mit einem letzten Blick durch die Praxis schloss Bastian ab und machte sich

zusammen mit Lisa auf den Weg zum
Café.

Er freute sich darauf, Marlene für ihre
Freundlichkeit zu danken und vielleicht ein neues Kapitel voller Begegnungen und Geschichten zu beginnen,
die seine Tage in der kleinen Stadt
bereichern würden.

# Kapitel 2

Der Morgen brach an, und mit ihm kam eine Mischung aus Aufregung und Nervosität, die Jan kaum im Zaum halten konnte. Heute war sein erster Tag als Grundschullehrer in der idyllischen Kleinstadt, ein Neuanfang, der nicht nur für ihn, sondern auch für seine zukünftigen Schüler bedeutungsvoll war.

Jan hatte seine Tasche bereits am Vorabend gepackt, vollgestopft mit Unterrichtsmaterialien, Spielen und Büchern, die er sorgfältig ausgewählt hatte, um seinen Schülern eine kreative und inspirierende Lernerfahrung zu bieten.

Während er durch die leeren Straßen zur Schule ging, spürte Jan, wie die ersten Sonnenstrahlen sein Gesicht wärmten. Die Vorfreude auf die neuen Begegnungen und die Möglichkeit, einen positiven Einfluss auf das Leben seiner Schüler zu nehmen, ließ sein Herz schneller schlagen. Er glaubte fest daran, dass Bildung nicht nur Wissen vermittelt, sondern auch Herzen öffnen und Horizonte erweitern kann.

Als Jan die Schwelle zur Grundschule überschritt, pulsierte sein Herz vor Aufregung. Der Geruch von frisch gewachsten Fluren und das ferne Lachen von Kindern füllten die Luft, ein süßes Versprechen für den neuen Anfang, der vor ihm lag.

Er hatte kaum das Lehrerzimmer betreten, als Frau Schneider, die Schulleiterin, mit einem strahlenden Lächeln auf ihn zukam.

«Guten Morgen, Herr Müller! Wir sind so froh, Sie bei uns zu haben. Die Kinder können es kaum erwarten, Sie kennenzulernen», begrüßte sie ihn.

«Vielen Dank, Frau Schneider. Ich bin mindestens genauso aufgeregt», erwiderte Jan, seine Stimme voller Enthusiasmus.

Gemeinsam machten sie sich auf den Weg zu Jans Klassenzimmer.

«Ich hoffe, Sie finden sich schnell bei uns zurecht. Die Gemeinschaft hier ist sehr unterstützend. Und zögern Sie nicht, mich oder die anderen Lehrer um Hilfe zu bitten», sagte Frau Schneider, während sie durch die Flure gingen.

Als sie das Klassenzimmer erreichten, öffnete Jan die Tür zu einem Raum voller Kinder, die ihn neugierig anblickten.

«Guten Morgen, Klasse!», begann er, seine Stimme fest, aber freundlich. «Ich bin Herr Müller, euer neuer Lehrer. Ich freue mich darauf, dieses Schuljahr mit euch zu verbringen und gemeinsam viel zu lernen.»

Ein kleiner Junge hob zaghaft die Hand.

«Werden wir auch Experimente machen?», fragte er mit leuchtenden Augen.

Jan lächelte.

«Aber natürlich. Wir werden viele spannende Dinge zusammen entdecken. Experimente, Geschichten und vielleicht sogar ein bisschen Kunst.»

Die Kinder jubelten, ihre anfängliche Zurückhaltung wich der Begeisterung für die Abenteuer, die vor ihnen lagen.

Nachdem Frau Schneider das Klassenzimmer verlassen hatte, begann Jan mit einer kurzen Vorstellungsrunde.

«Bevor wir starten, möchte ich mehr über euch erfahren. Lasst uns eine Runde machen, in der jeder seinen Namen sagt und was er am liebsten macht.»

Als die Kinder begannen, sich vorzustellen, spürte Jan, wie sich eine Verbindung zu seinen Schülern aufbaute. Jedes Lächeln, jede aufgeregte Stimme fügte ein weiteres Stück zu dem Mosaik hinzu, das seine neue Klasse sein würde.

Die Stunden flogen vorbei, gefüllt mit Lachen, Lernen und gelegentlichen

Herausforderungen.

Als die Mittagspause nahte, packte Jan seine Sachen und machte sich auf den Weg zum Café am Marktplatz, um einen wohlverdienten Kaffee zu genießen.

Im Café angekommen, wurde er von Marlene mit einem herzlichen «Neu in der Stadt?» begrüßt.

«Ja, ich habe heute meinen ersten Tag als Lehrer an der Grundschule», antwortete Jan, während er einen Blick auf das Angebot warf.

«Ah, frisches Blut. Die Kinder können ziemlich energisch sein, aber sie sind unser größter Schatz», sagte Marlene, während sie Jans Kaffee zubereitete. «Hier, aufs Haus. Willkommen in unserer Gemeinschaft.»

«Das ist sehr nett von Ihnen, danke», sagte Jan, ein Lächeln breitete sich auf seinem Gesicht aus. «Ich hoffe, ich kann einen positiven Beitrag leisten.»

«Das werden Sie», versicherte Marlene

mit einem Zwinkern. «Genießen Sie
Ihren Kaffee.»

# Kapitel 3

An einem sonnigen Nachmittag, kurz nachdem Bastian seine Praxis geschlossen hatte, klingelte das Telefon. Lisa hatte bereits Feierabend. Er zögerte einen Moment, bevor er abnahm.

Es war Frau Lehmann, die in Sorge um ihren Sohn Erik berichtete, dass er seit dem Morgen über Zahnschmerzen klagte.

«Bringen Sie direkt Erik vorbei, Frau Lehmann. Ich warte hier auf Sie», sagte Bastian, seine Stimme voller beruhigender Zuversicht.

Als Erik und seine Mutter die Praxis betraten, konnte Bastian sehen, wie ängstlich der Junge war.

Er kniete sich hin, um auf Augenhöhe mit Erik zu sein, und sagte mit einem freundlichen Lächeln: «Hallo, Erik. Ich bin Bastian. Ich habe gehört, dass dein Zahn dir Ärger macht. Aber keine

Sorge, wir werden das zusammen in den Griff bekommen, okay?»

Erik nickte zögerlich, seine Hand fest in der seiner Mutter. Frau Lehmann sah Bastian dankbar an, ihre Augen voller Sorge um ihren Sohn.

«Wir machen das ganz langsam, Erik. Und ich erkläre dir jeden Schritt, den wir machen. Du kannst mir jederzeit sagen, wenn du eine Pause brauchst», fuhr Bastian fort, während er Erik sanft zur Behandlungseinheit führte.

Während der Untersuchung erklärte Bastian ruhig jeden Schritt, den er unternahm, und benutzte dabei einfache Worte, die Erik verstehen konnte.

«Siehst du, das hier ist mein kleiner Spiegel. Damit kann ich in deinem Mund nachschauen, ohne dass es unangenehm wird.»

Erik, zunächst noch angespannt, begann sich allmählich zu entspannen. Bastians ruhige Art und die Art, wie er die Situation handhabte, machten den

Unterschied.

Es dauerte nicht lange, bis Bastian das Problem identifiziert hatte – ein kleiner Kariesbefall, der leicht zu behandeln war.

«Alles wird gut, Erik. Du bist sehr tapfer», sagte Bastian, als er die Behandlung abschloss.

Erik blickte ihn mit großen Augen an, ein Hauch von Stolz mischte sich unter seine anfängliche Angst.

Nachdem alles vorbei war, schenkte Bastian Erik einen kleinen Sticker als Belohnung für seinen Mut.

«Für den tapfersten Patienten des Tages», verkündete Bastian mit einem Zwinkern.

Eriks Lächeln, als er den Sticker entgegennahm, war unbezahlbar. Frau Lehmann dankte Bastian herzlich, ihre Erleichterung war offensichtlich.

«Vielen Dank, Dr. Krüger. Ich wusste, dass wir in guten Händen sind, aber das hier… Sie haben wirklich ein besonderes Talent im Umgang mit Kindern.»

Als sie die Praxis verließen, fühlte Bastian sich erfüllt. Diese Begegnung hatte nicht nur Eriks Angst vor dem Zahnarzt gemildert, sondern auch gezeigt, wie wichtig es ist, mit Empathie und Verständnis zu handeln.

Einige Tage später, als Jan seine Klasse in den Kunstunterricht führte, bemerkte er, wie Erik mit neuem Selbstvertrauen unter seinen Klassenkameraden agierte.

Sein kürzlicher Besuch beim Zahnarzt schien nicht nur seine Zahnschmerzen gelindert zu haben, sondern auch sein Selbstwertgefühl gestärkt.

Jan sah darin eine perfekte Gelegenheit, die Kinder über die Bedeutung von Gemeinschaft und gegenseitiger Unterstützung zu unterrichten.

«Wisst ihr, Kinder», begann Jan, während er sich zu der Gruppe umsah, die gespannt zuhörte, «es ist wichtig, dass wir uns gegenseitig helfen und unterstützen. So wie Erik, der mutig zum Zahnarzt gegangen ist und jetzt allen ein Lächeln schenkt.»

Erik errötete ein wenig unter den Blicken seiner Mitschüler, aber Jan bemerkte, wie er aufrechter saß, stolz auf seine Überwindung.

«Und es gibt Menschen in unserer Gemeinschaft, wie Dr. Krüger, der hilft, wo er kann. Das macht unsere Stadt zu einem besseren Ort», fuhr Jan fort.

«Jeder von uns kann dazu beitragen, ob durch ein freundliches Wort, eine helfende Hand oder einfach nur, indem wir da sind, wenn jemand uns braucht.»

Die Kinder nickten, einige begannen, von eigenen Erfahrungen zu erzählen, wo sie Hilfe bekamen oder anderen halfen.

Jan lächelte, erfreut darüber, wie die Geschichte Eriks und des Zahnarztes eine so lebhafte Diskussion über

Gemeinschaft und Freundlichkeit entfacht hatte.

# Kapitel 4

Nach der Schule entschied Jan, Dr. Krüger einen Besuch abzustatten. Er wollte ihm persönlich für die positive Wirkung danken, die seine Behandlung auf Erik hatte.

Als er die modern gestaltete Praxis betrat, wurde er sofort von Lisa, der freundlichen Sprechstundenhilfe, begrüßt.

«Guten Nachmittag, wie kann ich Ihnen helfen?», fragte Lisa mit einem Lächeln, das Jan sofort willkommen hieß.

«Hallo, ich bin Jan Müller. Ich wollte Dr. Krüger persönlich für seine Behandlung eines meiner Schüler, Erik, danken», erklärte Jan.

«Oh, natürlich, Herr Müller! Einen Moment bitte, ich informiere Dr. Krüger, dass Sie hier sind», antwortete Lisa und verschwand kurz im hinteren Teil der Praxis.

Wenige Momente später trat Bastian in den Empfangsbereich, mit einem herzlichen Lächeln auf den Lippen. Jan spürte ein leichtes Kribbeln im Bauch, als er den Zahnarzt sah, der, obwohl Jan mit seinen 1,85m nicht gerade klein war, sogar noch größer war als er. Dennoch wirkte er nicht bedrohlich, sondern hatte eine besondere Anziehungskraft auf Jan.

«Herr Müller, richtig? Lisa hat mir von Ihnen erzählt. Es freut mich sehr, Sie kennenzulernen. Kommen Sie doch bitte in mein Büro.»

Während Jan Bastians Einladung folgte, bemerkte er, wie wohlorganisiert und einladend die Praxis wirkte, was sicherlich auch Lisas Verdienst war. Im Büro bot Bastian Jan einen Platz und eine Tasse Kaffee an, den Lisa mit ihrer gewohnt effizienten und freundlichen Art servierte.

«Danke, dass Sie gekommen sind, Herr Müller. Es ist nicht alltäglich, dass wir direktes Feedback von den Lehrern unserer jungen Patienten bekommen», begann Bastian das Gespräch, nachdem Lisa sie mit einem diskreten Lächeln verlassen hatte.

Jan nickte, beeindruckt von der warmen Atmosphäre, die Bastian und seine Helferin in der Praxis schufen.

«Ich wollte einfach meine Anerkennung ausdrücken. Erik hat sich sichtlich zum Positiven verändert seit seinem Besuch bei Ihnen. Ihre Art, mit Kindern umzugehen, hat offensichtlich einen großen Eindruck hinterlassen.»

Bastian hörte aufmerksam zu, seine tiefblauen Augen schienen sich in Jans braunen Augen zu verlieren.

«Das ist sehr freundlich von Ihnen. Ich glaube, es ist wichtig, eine positive Erfahrung zu schaffen, besonders für die jüngeren Patienten. Lisa und ich versuchen, eine Atmosphäre zu schaffen, in der sich jeder wohl und verstanden fühlt.»

Nachdem Lisa ihnen frischen Kaffee gebracht hatte, nahm das Gespräch eine persönlichere Wendung.

«Sie haben eine beeindruckende Art, mit Kindern umzugehen, Dr. Krüger», begann Jan, seine Bewunderung ausdrückend.

Bastian lächelte bescheiden.

Ein kurzes Schweigen entstand, in dem sie an ihren Kaffeetassen nippten, dann fuhr Bastian fort: «Und wie ist es mit Ihnen? Was hat Sie dazu gebracht, Lehrer zu werden?»

Jan lehnte sich zurück, ein Lächeln spielte um seine Lippen.

«Ehrlich gesagt, es war die Chance, einen Unterschied zu machen. Die Vorstellung, nicht nur Wissen zu vermitteln, sondern auch Charaktere zu formen und Zukunftsträume zu inspirieren.»

Bastian nickte zustimmend.

«Das ist eine schöne Art, es zu sehen. Vielleicht könnte ich mal einen ‚Tag bei dem Zahnarzt' in Ihrer Klasse vorstellen», schlug Bastian vor, halb im Scherz. «Ein bisschen Aufklärung über Zahngesundheit kann nie schaden, und wer weiß, vielleicht nimmt es den Kindern ein wenig die Angst.»

«Das ist eine großartige Idee!» Jan war sofort begeistert. «Und es wäre eine tolle Abwechslung für die Kinder. Lassen Sie uns das organisieren!»

Ihre Augen trafen sich erneut, und in diesem Moment sprang der Funke über – nicht nur der Beginn einer beruflichen Zusammenarbeit, sondern auch einer Freundschaft, die auf gemeinsamen Werten und dem Wunsch, Gutes zu tun, basierte.

Als das Treffen zu Ende ging, standen sie auf und reichten sich die Hände, die Verabschiedung fühlte sich aber schon jetzt weniger förmlich an.

«Danke, dass Sie heute hierher gekommen sind. Ich freue mich auf unsere Zusammenarbeit und darauf,

Sie besser kennenzulernen», sagte Bastian, seine Worte aufrichtig und warm.

«Das Vergnügen war ganz meinerseits. Ich bin froh, dass wir uns getroffen haben. Bis bald», erwiderte Jan, ein Lächeln auf den Lippen, das seine Vorfreude auf die Zukunft widerspiegelte.

Als Jan die Praxis verließ, fühlte er sich leichter und inspirierter. Die Begegnung mit Dr. Krüger hatte nicht nur eine neue Freundschaft angebahnt, sondern ihm auch gezeigt, dass es in der Kleinstadt Menschen gab, die mit Leidenschaft und Hingabe wirkliche Veränderungen bewirkten. Er freute sich darauf, zu sehen, wohin diese neue Verbindung sie beide führen würde.

# Kapitel 5

Jan stand vor der modernen Zahnarztpraxis von Bastian, die Tasche voller Unterrichtsmaterialien über Zahnhygiene, die er für den bevorstehenden «Tag bei dem Zahnarzt» zusammengestellt hatte. Er atmete tief durch und trat ein, bereit für einen produktiven Nachmittag der Planung. Bastian begrüßte ihn mit einem herzlichen Lächeln.

«Herr Müller, schön Sie zu sehen! Ich habe schon einige Ideen, wie wir das für die Kinder spannend gestalten können. Ich bin übrigens Bastian», sagte er, während er Jan in einen kleinen Besprechungsraum führte.

«Jan», antwortete dieser und reichte Bastian die Hand.

Während sie sich über die Tische beugten, ausgebreitet mit Broschüren und kinderfreundlichen Zahnbürsten, fanden sie schnell einen gemeinsamen Rhythmus.

Zwischen Diskussionen über die beste Art, Kindern die Wichtigkeit des Zähneputzens beizubringen, und Lachen über die eigenen Kindheitserinnerungen an den Zahnarzt, entwickelte sich eine tiefe Verbundenheit.

«Es ist toll, dass wir das zusammen machen», begann Jan, während er einen Entwurf für ein Informationsblatt betrachtete.

«Nicht nur für die Kinder. Ich habe das Gefühl, hier in der Kleinstadt können wir wirklich einen Unterschied machen.»

Bastian nickte zustimmend.

«Genau das denke ich auch. Manchmal fragen mich Leute, warum ich nicht in einer größeren Stadt geblieben bin, wo ich mehr verdienen könnte. Aber für mich geht es um mehr als nur Geld. Es geht darum, Teil einer Gemeinschaft zu sein, wo man sieht, wie die eigenen

Bemühungen Früchte tragen.»

Das Gespräch ging weiter, während sie durch ihre Planung für den «Tag bei dem Zahnarzt» fortschritten. Beide Männer waren sich einig, dass sie durch ihre Arbeit nicht nur lehren, sondern auch lernen – über sich selbst, über das Leben und darüber, was es bedeutet, Teil von etwas zu sein.

Als der Nachmittag zu Ende ging und die Sonne tief am Horizont stand, hatten Jan und Bastian nicht nur einen soliden Plan für den bevorstehenden Tag, sondern auch eine tiefere Verbindung zueinander entwickelt. Sie verabschiedeten sich mit dem Wissen, dass ihre Zusammenarbeit weit über diesen einen Tag hinausgehen würde.

# Kapitel 6

An einem ruhigen Nachmittag, als Bastian gerade dabei war, die letzten Patientenakten des Tages zu überprüfen, kündigte das sanfte Klingeln der Praxistür einen unerwarteten Besucher an.

Bastian blickte auf und erkannte sofort das selbstbewusste Auftreten von Michael, einem alten Studienfreund aus Universitätszeiten. Michael, der nun ein erfolgreiches Geschäft als Zahntechniker in einer Großstadt führte, strahlte eine Aura aus, die ebenso viel Selbstsicherheit wie Ehrgeiz verriet.

«Michael, das ist ja eine Überraschung», begrüßte Bastian ihn, ein wenig verunsichert über das unangekündigte Erscheinen. «Was führt dich denn hierher?»

Michael lächelte, doch in seinen Augen lag ein funkelnder, beinahe herausfordernder Schimmer.

«Ich war geschäftlich in der Nähe und dachte, ich schaue mal, wie du dich hier in der Kleinstadt eingerichtet hast. Du weißt ja, ich habe immer gedacht, du würdest in einer Großstadt landen, wo das große Geld ist.»

Die Worte trafen Bastian unvorbereitet. Er hatte gehofft, Michael könnte seine Entscheidung, in der Kleinstadt zu arbeiten, verstehen oder sogar unterstützen.

Stattdessen schien sein alter Freund genau die Zweifel zu verkörpern, die Bastian gelegentlich selbst hegte.

«Es geht mir nicht nur ums Geld, Michael», erwiderte Bastian, bemüht, seine Entschlossenheit zu bewahren. «Hier kann ich einen echten Unterschied im Leben der Menschen machen. Das ist mir mehr wert als jede Großstadtpraxis.»

Michael ließ sich in einen Stuhl fallen, sein Blick prüfend.

«Und was ist mit der Zukunft, Bastian? Denk an Familie, Kinder… Kannst du die hier wirklich so unterstützen, wie du möchtest?»

Die Frage traf Bastian mitten ins Herz. Er hatte darüber nachgedacht, natürlich, besonders seit seinem Gespräch mit Jan. Die Vorstellung einer Familie war verlockend, doch Michaels Worte malten ein Bild von Unsicherheit und möglicherweise unerfüllten Wünschen.

«Ich glaube, es gibt Dinge im Leben, die wichtiger sind als Geld», antwortete Bastian schließlich, seine Stimme fester, als er sich fühlte. «Wie das Gefühl, am Abend nach Hause zu kommen und zu wissen, dass man etwas Gutes getan hat. Nicht, dass man seine Patienten größtmöglich ausgenommen hat.»

Michael schüttelte den Kopf, halb amüsiert, halb mitleidig.

«Du warst schon immer der Idealist, Bastian. Ich hoffe nur, dass du deine Entscheidung nicht eines Tages bereust.»

Als Michael die Praxis verließ, blieb Bastian zurück, umgeben von einem Schweigen, das nun schwer von Zweifeln und Fragen beladen war. Die Begegnung mit Michael hatte alte Gedanken und Unsicherheiten wieder an die Oberfläche gebracht, die Bastian lange zu unterdrücken versucht hatte.

War seine Entscheidung, hierzubleiben, wirklich die richtige?

Oder hatte Michael recht, und er opferte zu viel für einen Traum, der am Ende nicht die erwartete Erfüllung brachte?

In diesem Moment der Unsicherheit wünschte sich Bastian nichts sehnlicher, als mit jemandem zu sprechen, der seine Werte und Träume verstand.

Jemandem wie Jan.

# Kapitel 7

Der Morgen des «Tages bei dem Zahnarzt» brach an, und Jan führte eine Schar aufgeregter Kinder in Bastians Praxis. Die Räume waren lebhaft geschmückt, und Lisa stand bereits mit einem Stapel bunter Broschüren und kleinen Geschenktüten bereit, die sie den Kindern mit einem warmen Lächeln überreichte.
Bastian begrüßte die Gruppe herzlich.
«Willkommen, kleine Zahnexperten! Heute werden wir zusammen viel Spaß haben und gleichzeitig einiges über unsere Zähne lernen.»
Die Kinder, anfangs noch etwas schüchtern, wurden schnell von Bastians enthusiastischer Art mitgerissen. Ein kleines Mädchen hob die Hand.
«Muss ich vor dem Zahnarzt Angst haben?» Ihre Stimme war leise, aber neugierig.

Bastian kniete sich hin, um auf Augenhöhe mit ihr zu sein.

«Überhaupt nicht. Ich bin hier, um dir zu helfen und dafür zu sorgen, dass deine Zähne stark und gesund bleiben. Und ich verspreche, dass es hier nichts gibt, wovor du Angst haben musst.»

Ein Junge mit einer Zahnbürste in der Hand, offensichtlich beeindruckt von der Auswahl an Zahnpflege-Utensilien auf einem Tisch, fragte: «Warum müssen wir unsere Zähne so oft putzen?»

«Großartige Frage!», antwortete Bastian und ging zu einer Demonstrationspuppe. «Unsere Zähne sind jeden Tag hart im Einsatz beim Essen und Sprechen. Wenn wir sie nicht regelmäßig putzen, können sich Bakterien ansammeln und Probleme verursachen. Aber mit einer Zahnbürste, so wie du eine hast, und ein bisschen Zahnpasta können wir unsere Zähne sauber und stark halten.»

Die Kinder sammelten sich um Bastian, fasziniert von der Vorführung. Jan beobachtete das Geschehen und fühlte ein warmes Gefühl der Zufriedenheit.

Diese Erfahrung war nicht nur für die Kinder lehrreich, sondern stärkte auch die Verbindung zwischen ihm und Bastian.

Nach der Demonstration leitete Lisa eine praktische Übung ein, bei der die Kinder an Modellen üben konnten, Zähne zu putzen.

«So, wer möchte der erste sein, der zeigt, wie man ein Zahnputz-Champion ist?», fragte sie.

Erik, der Junge, der seine Angst vor dem Zahnarztbesuch überwunden hatte, meldete sich freiwillig. Mit einem strahlenden Lächeln trat er vor und begann, die Zähne des Modells zu putzen, während Lisa hilfreiche Tipps gab.

Als der Tag zu Ende ging und die Kinder, beladen mit Geschenktüten und neuen Zahnbürsten, die Praxis verließen, wandte sich Jan an Bastian.

«Das war fantastisch. Du hast heute nicht nur den Kindern, sondern auch mir viel beigebracht.»

Bastian lächelte, ein Ausdruck echter Zufriedenheit auf seinem Gesicht.

«Es war mir eine Ehre, Jan. Es sind solche Tage, die mir zeigen, dass ich hier genau richtig bin.»

Nachdem der Trubel des Tages nachgelassen hatte und sie einen Moment der Ruhe fanden, saßen Jan und Bastian zusammen, um den erfolgreichen Tag zu reflektieren. Doch hinter Bastians nachdenklichem Blick verbarg sich mehr als nur Erschöpfung.

«Jan, ich hatte vor ein paar Tagen einen unerwarteten Besucher in der Praxis… Michael, ein alter Studienfreund von mir», leitete Bastian das Gespräch ein, seine Stimme zögerlich, als er nach den richtigen Worten suchte.

«Was hat ihn hierher geführt?», fragte

Jan.

«Er war geschäftlich in der Gegend. Wir haben uns lange nicht gesehen, und… er hat einige Dinge gesagt, die mich nachdenklich gemacht haben.» Bastians Blick senkte sich. «Über mein Leben hier in der Kleinstadt, meine Karriere als Zahnarzt. Er konnte nicht verstehen, warum ich meine Ziele nicht in einer Großstadt mit größeren Möglichkeiten verfolge.»

Jan hörte aufmerksam zu, seine Miene zeigte Verständnis und Besorgnis zugleich.

«Und was hat er genau gesagt?»

«Er hat die Frage aufgeworfen, ob ich hier wirklich das erreichen kann, was ich mir wünsche… nicht nur beruflich, sondern auch persönlich. Über die Möglichkeit, eine Familie zu gründen und zu versorgen. Er meint, ich würde mein Potenzial verschwenden.»

Bastians Stimme brach fast unter dem Gewicht seiner Worte.

Jan lehnte sich vor, seine Augen suchten Bastians.

«Bastian, es ist mutig und ehrenwert, was du hier tust. Was diesen Michael angeht, so hat jeder seine eigene Vorstellung von Erfolg und Glück. Aber letztendlich musst du das tun, was für dich richtig ist, was dich erfüllt.»
Bastian blickte auf, getroffen von Jans Worten.

«Ich liebe es hier. Die Verbindung, die ich zu meinen Patienten aufbaue, die Menschen, die ich hier bereits kennen- und schätzen gelernt habe…» Dabei blickte er auf und sah Jan direkt in die Augen. «Ich möchte nirgendwo anders sein.»

«Es ist natürlich, solche Gedanken zu haben, besonders nach einem Gespräch wie dem mit Michael. Aber erinnere dich an das Lächeln der Kinder heute, die Dankbarkeit ihrer Eltern. Das ist der Beweis, dass du genau dort bist, wo du sein solltest», ermutigte Jan.

Bastian nickte langsam, die Zweifel begannen zu schwinden, ersetzt durch ein wiedererwachtes Gefühl der Bestimmung.

«Danke, Jan. Es hilft, darüber zu sprechen. Ich glaube, ich habe manchmal nur gebraucht, daran erinnert zu werden, warum ich mich für diesen Weg entschieden habe.»

«Immer», antwortete Jan mit einem warmen Lächeln. «Wir alle brauchen ab und zu jemanden.»

# Kapitel 8

An einem frühen Morgen, der in Bastians Zahnarztpraxis mit der gewohnten Ruhe begann, änderte sich die Atmosphäre schlagartig, als Marlene, die Cafébesitzerin und eine der ersten Patientinnen der neuen Praxis, besorgt die Schwelle überschritt. Lisa, die stets aufmerksame und freundliche Sprechstundenhilfe, bemerkte sofort Marlenes besorgte Miene.

«Marlene, was bringt dich zu uns? Ist alles in Ordnung?», fragte Lisa, während sie Marlene zu einem Sitzplatz führte.

«Ich muss mit Bastian sprechen. Es geht um etwas, das ich online gefunden habe, etwas, das mich sehr beunruhigt hat», antwortete Marlene und hielt ihr Smartphone fest in der Hand.

Als Bastian den Raum betrat und Marlenes besorgte Miene sah, spürte er sofort, dass etwas nicht stimmte.

«Marlene, was ist los?» Seine Stimme war von echter Besorgnis geprägt.

Marlene zeigte ihm ihr Smartphone, auf dem mehrere negative Bewertungen zu lesen waren, die kürzlich auf einer bekannten Online-Plattform für Arztbewertungen veröffentlicht worden waren.

«Ich war schockiert, das zu lesen, Bastian. Diese Beschwerden über unfreundliches Personal, lange Wartezeiten und sogar Vorwürfe über mangelnde Professionalität. Das entspricht überhaupt nicht dem, was ich und viele andere hier erfahren haben.»

Bastian, der von der plötzlichen Flut negativer Kritik überrascht wurde, fühlte, wie sein Herz sank.

«Das ist das erste Mal, dass ich davon höre. Diese Bewertungen… sie scheinen aus dem Nichts zu kommen. Wir müssen herausfinden, was oder wer dahintersteckt.»

Lisa, die sich dem Gespräch angeschlossen hatte, war ebenso verblüfft.

«Das ist wirklich merkwürdig. Unsere Patientenfeedbacks waren immer positiv, und solche Beschwerden hatten wir noch nie.»

«Ich weiß, dass diese Bewertungen nicht wahr sein können», sagte Marlene entschlossen. «Wir müssen das richtigstellen.»

Mit Marlenes Unterstützung und Lisas Hilfe beschlossen sie, aktiv zu werden. Während Marlene anbot, mit den Gästen ihres Cafés zu sprechen, um weitere Meinungen und Erfahrungen einzuholen, plante Lisa, die jüngsten Termine und Patientenfeedbacks zu überprüfen, um eventuelle Unstimmigkeiten zu identifizieren.

Nachdem Marlene und Lisa ihre Unterstützung zugesichert hatten, fühlte Bastian sich nicht mehr ganz so alleine mit dem Problem der negativen Bewertungen. Doch wusste er, dass er noch eine weitere Person brauchte, auf deren Urteilsvermögen und Unterstützung er zählen konnte: Jan.

Er zögerte kurz, bevor er sein Handy nahm. Jan war nicht nur wegen seiner Kompetenz als Lehrer die logische Wahl, sondern auch, weil Bastian in den letzten Wochen eine tiefe Verbundenheit zu ihm gefühlt hatte. Es gab Momente, in denen ein Blick oder eine zufällige Berührung mehr sagten, als Worte je könnten.

«Jan, es tut mir leid, dich zu stören, aber ich stecke in einer ziemlich schwierigen Situation. Ich… ich könnte wirklich deine Hilfe gebrauchen», begann Bastian das Telefonat, seine Stimme spiegelte seine Unsicherheit wider.

«Was ist los, Bastian? Natürlich helfe ich dir, wo ich kann», antwortete Jan sofort, seine Stimme warm und beruhigend.

Bastian spürte, wie allein schon Jans Zuspruch eine gewisse Last von seinen Schultern nahm.

«Es geht um einige negative Online-Bewertungen, die völlig aus dem Blauen kamen. Ich… Ich bin mir nicht sicher, wie ich damit umgehen soll», erklärte Bastian.

«Das klingt ernst. Lass uns treffen und die Sache gemeinsam durchgehen. Ich bin sicher, wir finden eine Lösung», schlug Jan vor, und Bastian konnte die Aufrichtigkeit in seiner Stimme spüren.

Als sie sich später in der Praxis trafen, gab es einen Moment, in dem ihre Blicke sich trafen und alles andere in den Hintergrund trat. Es war ein Moment stiller Verständigung, in dem Bastian spürte, wie wichtig Jan ihm geworden war.

Gemeinsam sahen sie sich die Bewertungen an. Jan lehnte sich hin und wieder vor, um auf Details am Bildschirm zu deuten, wobei sein Arm Bastians streifte. Jede dieser kleinen Berührungen ließ Bastians Herz schneller schlagen, doch er versuchte, sich auf das Problem zu konzentrieren.

«Siehst du das Muster hier? Die Bewertungen scheinen alle in einem sehr kurzen Zeitraum verfasst worden zu sein. Das ist ungewöhnlich», bemerkte Jan, sein Finger verweilte einen Moment länger als nötig auf dem Touchpad, während sein Blick Bastian suchte.

«Ja, das hatte ich auch bemerkt. Es sieht fast so aus, als ob jemand das extra gemacht hat» stimmte Bastian zu, dankbar für Jans Einsicht und die Nähe, die zwischen ihnen entstand, während sie zusammenarbeiteten.

«Wir sollten vielleicht versuchen, mehr über die Verfasser herauszufinden. Und ich denke, wir sollten auch eine positive Gegenkampagne starten. Zeigen, wer du wirklich bist und wie deine Praxis die Gemeinde positiv beeinflusst», schlug Jan vor, seine Hand kurz auf Bastians Arm legend, ein Zeichen der Unterstützung und vielleicht auch der Zuneigung.

Bastian blickte auf Jans Hand und dann in seine Augen. «Das klingt nach einem guten Plan. Danke, Jan. Nicht nur für deine Hilfe, sondern auch für… nun, einfach für alles.»

«Wir könnten Patienteninterviews führen, Erfolgsgeschichten teilen und sowas.»

Bastian nickte zustimmend, inspiriert von Jans Ideen.

«Das klingt großartig. Ich bin sicher, Lisa kann uns helfen, einige der Patienten zu erreichen, die bereit wären, ihre positiven Erfahrungen zu teilen.»

Lisa, die gerade das Büro betrat, um nachzufragen, ob sie noch etwas benötigten, wurde prompt in den Plan eingeweiht.

«Natürlich, ich kenne so viele unserer Patienten persönlich. Ich bin überzeugt, dass sie gerne helfen würden, die Wahrheit über unsere Praxis zu verbreiten,» sagte sie, bereit, ihren Teil beizutragen.

In den folgenden Tagen setzten Jan, Bastian und Lisa ihre Idee in die Tat um. Sie kontaktierten Patienten, die in der Vergangenheit ihre Zufriedenheit mit Bastians Arbeit zum Ausdruck gebracht hatten, und baten sie, kurze Videos aufzunehmen oder Testimonials zu schreiben.

Die Resonanz war überwältigend positiv; viele waren bereit, ihre guten Erfahrungen zu teilen, um Bastians Ruf zu verteidigen.

Jan und Bastian beschlossen, den Abend gemeinsam ausklingen zu lassen. Sie hatten sich entschieden, in einem kleinen, gemütlichen Restaurant in der Nähe zu essen, um den Erfolg ihrer Kampagne zu feiern und einfach die Gesellschaft des anderen zu genießen.

Während des Essens konnte Bastian nicht aufhören, Jan für seine unermüdliche Unterstützung und seinen kreativen Beitrag zu danken. «Jan, ohne dich wäre all das nicht möglich gewesen. Du hast mir nicht nur geholfen, meinen Ruf zu retten, sondern mir auch gezeigt, was wahre Freundschaft bedeutet», sagte Bastian, seine Worte mit tiefer Dankbarkeit und Bewunderung geladen.

Jan lächelte, seine Augen trafen Bastians in einem langen, bedeutsamen Blick.

«Bastian, es war mir eine Ehre, dir zur Seite zu stehen. Und um ehrlich zu sein, habe ich dabei mehr gewonnen, als ich je erwartet hätte», erwiderte Jan, seine Stimme sanft und aufrichtig.

Als sie das Restaurant verließen, atmete Bastian tief die frische Abendluft ein.

«Es ist so ein schöner Abend. Hast du Lust auf einen Spaziergang? Es gibt einen Park in der Nähe.»

Jan lächelte und nickte.

«Das klingt perfekt. Ein wenig Ruhe nach diesem Trubel würde uns beiden guttun.»

Während sie nebeneinander durch die ruhigen Straßen zum Park schlenderten, füllte die Stille zwischen ihnen sich mit einem angenehmen Gefühl der Nähe. Im Park angekommen, blickten sie gemeinsam in den sternenklaren Himmel.

«Sieh dir den Himmel an, Jan. Hast du jemals darüber nachgedacht, wie klein unsere Sorgen im Vergleich zu diesem unendlichen Universum sind?», fragte Bastian, seine Stimme ein leises Staunen.

Jan schaute nach oben, ließ den Blick über die Sterne schweifen.

«Ja, das habe ich. Es gibt uns eine Perspektive, nicht wahr? Und trotzdem sind es die kleinen Dinge hier unten, die unser Leben bedeutsam machen.»

Bastian sah Jan an, ein Lächeln umspielte seine Lippen.

«Wie deine Freundschaft, die für mich in letzter Zeit so viel bedeutet hat. Jan, ich… ich fühle mich zu dir hingezogen, auf eine Art und Weise, die ich nicht ganz erklären kann.»

Jan drehte sich zu Bastian, seine Augen suchten die seinen.

«Bastian, ich spüre dasselbe. Bei dir fühle ich mich auf eine Weise verbunden, die neu und doch so vertraut ist.»

Sie standen sich nun näher, die Luft zwischen ihnen vibrierte vor unausgesprochener Spannung und Erwartung. Jan streckte seine Hand aus, legte sie sanft an Bastians Wange.

«Darf ich?» Seine Stimme war kaum mehr als ein Flüstern.

Bastian nickte, das Herz klopfte ihm bis zum Hals.

«Ja.»

Jan beugte sich vor und ihre Lippen trafen sich in einem zarten, suchenden Kuss, der all die unausgesprochenen Worte und Gefühle zwischen ihnen einfing.

Es war ein Moment der Offenbarung, in dem die Zeit stillzustehen schien.

# Kapitel 9

Die ersten Strahlen des Morgens fielen sanft durch das Fenster von Marlenes Café, als Jan und Bastian ihren gewohnten Tisch in der Ecke einnahmen. Das Café, ein Ort voller Wärme und Lachen, war zu einem Symbol ihrer wachsenden Verbundenheit geworden.

Mit dampfenden Tassen Kaffee vor sich, tauschten sie Geschichten aus ihrem Alltag aus, teilten Gedanken und Träume, die weit über die Praxis oder die Schule hinausgingen.

Marlene, die mit einem Tablett voller frisch gebackener Croissants an ihren Tisch kam, konnte ein liebevolles Lächeln nicht unterdrücken.

«Ihr seid ja mittlerweile Stammgäste geworden. Und lasst mich raten – wieder das Übliche?»

«Ja, bitte», antwortete Bastian, während sein Blick liebevoll zu Jan wanderte.

«Und danke, Marlene. Dein Kaffee ist der perfekte Start in den Tag.»

Marlene stellte das Tablett ab und lehnte sich einen Moment an den Tisch, ihre Augen weich und nachsichtig. «Wisst ihr, ich habe es von Anfang an gesehen. Dass ihr beiden zusammengehört, meine ich. Es gibt so eine… Harmonie zwischen euch.»

Jan und Bastian tauschten einen Blick aus, ein stilles Einverständnis in ihren Augen. Jan ergriff das Wort, seine Stimme sanft, aber voller Überzeugung. «Marlene, du hast recht. Und wir sind dir so dankbar, dass wir diesen Ort haben, wo wir einfach wir selbst sein können.»

Das Gespräch ging weiter, während sie ihr Frühstück genossen, aber die Worte von Marlene hallten nach. Es war nicht nur die Bestätigung ihrer Beziehung durch eine Außenstehende, sondern auch die Erkenntnis, wie sehr sie in der kurzen Zeit ein Teil voneinander geworden waren.

Nach dem Frühstück, als sie durch die noch ruhigen Straßen schlenderten, fanden Jans und Bastians Hände sich in einer stillen Geste der Zuneigung. Es waren die kleinen Momente wie diese, die ihre Tage mit Bedeutung füllten. Die Welt um sie herum konnte warten, zumindest für einen Moment.

Einige Tage nach ihrem Morgen im Café, als die Routine der Arbeit Bastian wieder eingeholt hatte, kündigte Lisa überraschend einen Besucher in seiner Praxis an.

«Michael ist hier. Er möchte dich sprechen», sagte sie, ein wenig unsicher über seine Reaktion.

Bastians Herz machte einen Sprung bei der Erwähnung von Michaels Namen. Trotz der vergangenen Unstimmigkeiten fühlte er eine gewisse Verpflichtung, Michael zu hören.

Vielleicht war es an der Zeit, alte Differenzen zu begraben.

Als Michael in Bastians Büro trat, war die Spannung zunächst spürbar. Doch Michael brach das Eis mit einer überraschenden Offenheit.

«Bastian, ich habe über die letzten Male nachgedacht, als wir uns gesehen haben. Und ich habe eingesehen, dass ich vielleicht zu voreilig war. Ich respektiere deine Entscheidung, hier in der Kleinstadt zu bleiben und wünsche dir wirklich nur das Beste.»

Bastian war überrascht von Michaels Worten. Die Erleichterung, die er fühlte, ließ ihn fast seine anfängliche Vorsicht vergessen.

«Das bedeutet mir viel, Michael. Ich schätze deine Offenheit.»

Michael lächelte leicht, doch in seinen Augen lag eine unbestimmte Sehnsucht.

«Ich hoffe, wir können unsere Freundschaft wieder aufnehmen. Vielleicht könnten wir uns gelegentlich treffen? Nur als Freunde, versteht sich.»

Bastian nickte, noch immer ein wenig überrumpelt von der Wendung des Gesprächs.

«Ja, das klingt gut. Freunde.»

Als Michael gegangen war, blieb Bastian mit gemischten Gefühlen zurück.

Die Versöhnung war willkommen, doch etwas in Michaels Tonfall ließ ihn nachdenklich werden.

Einige Tage danach beschloss Bastian, Michaels Angebot anzunehmen und sich mit ihm zu treffen. Er hoffte, dadurch Klarheit in ihre Beziehung zu bringen und gleichzeitig sicherzustellen, dass seine Verbindung zu Jan unangetastet blieb. Sie verabredeten sich in einem lokalen Bistro, einem neutralen Ort, der weder zu persönlich noch zu öffentlich war.

Das Treffen begann zwanglos, mit Gesprächen über alltägliche Dinge und gemeinsame Erinnerungen aus der Vergangenheit.

Doch als das Gespräch fortschritt,

änderte Michael seinen Ton. Seine Bemerkungen wurden persönlicher, und er machte Andeutungen, die deutlich über eine bloße Freundschaft hinausgingen.

«Ich habe unsere Zeit zusammen immer sehr geschätzt, Bastian. Und ich kann nicht leugnen, dass ich mehr für dich empfinde. Das war auch der Grund, weshalb ich dir das Leben in der Kleinstadt ausreden wollte», sagte Michael, seine Augen suchten Bastians.

Bastian spürte, wie sich sein Magen zusammenzog. Er hatte so etwas befürchtet, doch gehofft, es würde nicht dazu kommen.

«Michael, ich schätze dich als Freund und die Zeiten, die wir geteilt haben, aber ich muss klarstellen, dass ich bereits jemanden habe. Es gibt jemanden in meinem Leben, mit dem ich meine Zukunft sehe», antwortete Bastian, seine Stimme fest, aber voller Mitgefühl.

Michael schien für einen Moment verloren, dann zog sich eine Enttäuschung über sein Gesicht.

«Ich verstehe», sagte er leise, seine Stimme kaum mehr als ein Flüstern. «Ich hatte gehofft, aber… ich verstehe.» Das Treffen endete kurz darauf, viel früher als geplant. Michael zog sich zurück, und Bastian blieb mit einem Gefühl der Erleichterung, aber auch des Bedauerns zurück. Er hatte keinen Zweifel an seinen Gefühlen für die Person in seinem Leben, doch es schmerzte ihn, einen alten Freund zu verletzen.

Auf dem Heimweg fühlte Bastian sich erleichtert, als hätte er eine Last von seinen Schultern genommen. Er war sich seiner Gefühle noch sicherer und wusste, dass es richtig war, ehrlich zu Michael zu sein.

# Kapitel 10

Michael stürmte aus dem Bistro, seine Schritte schnell und unbestimmt, als triebe ihn eine innere Unruhe durch die Straßen der kleinen Stadt. Die kühle Luft prallte gegen sein Gesicht, doch sie konnte die Flut der Emotionen, die in ihm brodelten, nicht kühlen. Verwirrung, Enttäuschung, vielleicht sogar Eifersucht – Gefühle, die er sich nicht eingestehen wollte, verwirbelten in seinem Inneren zu einem festen Knoten im Magen.

Während er ziellos weiterging, begannen Erinnerungen an die gemeinsame Studienzeit mit Bastian in ihm aufzusteigen. Sie waren wie zwei Seiten derselben Münze gewesen, unzertrennlich in ihrem Streben nach Erfolg und Anerkennung.

Michael erinnerte sich an die zahlreichen Abende, die sie in der Bibliothek verbracht hatten, umgeben von Büchern und dem leisen Rascheln von Seiten. Sie hatten Pläne geschmiedet, von ihrer Zukunft geträumt und sich gegenseitig versichert, dass nichts sie aufhalten könnte.

Besonders lebhaft erinnerte er sich an einen lauen Frühlingsabend, als sie nach einer langen Lernsession auf dem Universitätscampus unter den Sternen gesessen hatten.

«Eines Tages werden wir großartige Dinge tun, Bastian. Wir werden die Welt verändern», hatte Michael damals gesagt, die Augen voller Feuer und Ambition.

Bastian hatte gelacht, seine Zustimmung mit einem freudigen Funkeln in den Augen gezeigt. In diesem Moment hatte Michael etwas in Bastians Blick gesehen, das ihm Hoffnung gab, Hoffnung auf mehr als nur Freundschaft.

Doch diese Erinnerungen fühlten sich nun an wie aus einer anderen Zeit, einer Zeit, bevor die Realität ihre Wege in unterschiedliche Richtungen geführt hatte.

Michael konnte es nicht fassen, dass Bastian, der Mann, den er so tief bewundert und vielleicht sogar geliebt hatte, sich für ein Leben in einer Kleinstadt entschieden hatte, fernab vom pulsierenden Leben und den Möglichkeiten der Großstadt, die sie einst erobert hatten.

Seine Schritte verlangsamten sich, als er durch eine Straße ging, die mit alten, ehrwürdigen Bäumen gesäumt war.

Die Stille der Nacht umhüllte ihn, und in dieser Stille begann Michael, die Gründe für seine Enttäuschung und das Gefühl des Verrats zu hinterfragen.

War es wirklich Bastians Entscheidung, die ihn so tief traf, oder waren es seine eigenen unerfüllten Träume und Wünsche, die er auf Bastian projiziert hatte?

Während Michael weiter durch die stille Stadt wanderte, umhüllt von der

Dunkelheit, die nur gelegentlich von den sanften Lichtern der Straßenlaternen durchbrochen wurde, begannen seine Gedanken zu kreisen.

Er erinnerte sich an den Tag, an dem er erfahren hatte, dass Bastian beschlossen hatte, seine Zahnarztpraxis in dieser Kleinstadt zu eröffnen. Die Nachricht hatte ihn überrascht und, wenn er ehrlich war, auch verletzt.

Warum hatte Bastian sich für ein Leben hier entschieden, weit entfernt von dem Glanz und der Hektik der Großstadt, die sie beide einst erobert hatten?

In Michaels Kopf hatte die Großstadt immer für Erfolg gestanden, für die Verwirklichung ihrer gemeinsamen Träume.

Er konnte sich nicht vorstellen, wie Bastian seine Ambitionen in einer Stadt befriedigen konnte, in der jeder jeden kannte, und wo die Möglichkeiten so begrenzt schienen.

Er hatte sich gefreut, wieder näher an

Bastian zu sein, doch diese Entscheidung hatte eine Kluft zwischen ihnen geschaffen, die Michael nicht zu überwinden wusste.

Angetrieben von einem Gefühl der Enttäuschung und der unausgesprochenen Hoffnung, Bastian vielleicht umstimmen zu können, hatte Michael begonnen, schlechte Bewertungen über Bastians Praxis im Internet zu veröffentlichen.

In seinem verwirrten Zustand glaubte er, dass Bastian, konfrontiert mit dem Scheitern in der Kleinstadt, keine andere Wahl haben würde, als in die Großstadt zurückzukehren. Es war ein Plan, geboren aus Verzweiflung und einem tiefen, wenngleich fehlgeleiteten, Verlangen nach Nähe.

Jede Bewertung, die er anonym hinterließ, war wie ein Stich in sein eigenes Herz. Doch die Wut und die Enttäuschung, die er fühlte, trieben ihn weiter an. Er log sich selbst vor, dass es zum

Besten für Bastian sei, dass er ihm einen «Dienst» erwies, indem er ihn vor einem Leben in der Mittelmäßigkeit bewahrte.

Tief in seinem Inneren wusste Michael jedoch, dass diese Aktionen weniger von Sorge als von Eifersucht und dem Schmerz über ihren verlorenen Kontakt motiviert waren.

Als die Erinnerungen an seine Taten ihn übermannten, blieb Michael abrupt stehen. Die Kälte der Nacht legte sich wie ein Schleier über seine Haut, doch sie war nichts im Vergleich zu der Kälte, die er in seinem Inneren spürte.

Getrieben von einem Wirbel aus Gedanken und Emotionen, fand sich Michael schließlich vor der sorgfältig restaurierten Fassade von Bastians Zahnarztpraxis wieder.

Sein Herz pochte heftig, als stünde er am Rand einer Entscheidung, die alles verändern könnte. Die stille Straße und das sanfte Leuchten der Praxisschilder in der Dunkelheit schufen einen schroffen Kontrast zu dem Sturm in seinem Inneren.

Etwas Dunkles regte sich in Michael, eine Wut, die er nicht vollständig unterdrücken konnte. Sie war genährt von Eifersucht, von dem Gefühl, zurückgelassen worden zu sein, während Bastian ein neues Leben begonnen hatte. In einem Moment der Verzweiflung und des Zorns, der seine rationale Denkweise überlagerte, handelte Michael impulsiv.

Seine Hände zitterten, als er das Türschloss brach, eine Aktion, die symbolisch die Barriere zwischen ihnen zerstörte. Er betrat die Praxis, sein Herzschlag laut in seinen Ohren hallend.

Innerhalb der vertrauten, doch jetzt feindlich wirkenden Wände von Bastians Praxis ließ Michael seinen Emotionen freien Lauf. Mit jeder umgestoßenen Vase, jedem zerrissenen Dokument und jedem zerbrochenen Instrument fühlte er eine perverse Befriedigung.

Es war, als könnte er durch die Zerstörung der physischen Umgebung Bastians Entscheidung, die Großstadt – und ihn – zu verlassen, rückgängig machen. Doch mit jeder weiteren Sekunde des Chaos wuchs auch ein Gefühl der Leere in ihm.

Die Praxis, einst ein Ort der Heilung und des Neuanfangs, verwandelte sich unter seinen Händen in ein Bild der Verwüstung. Michael konnte nicht aufhören, obwohl ein Teil von ihm die Sinnlosigkeit seiner Aktionen erkannte.

Die Dunkelheit der Nacht schien sich mit der Dunkelheit seiner Taten zu vermischen, ein Schatten, der langsam auch sein Herz umhüllte.

Nachdem die anfängliche Wut verflogen war und er um sich blickte, sah Michael das Ausmaß seiner Zerstörung.

Die Praxis, die mit so viel Liebe und Hingabe aufgebaut worden war, lag in

Trümmern. In diesem Moment der Klarheit erfasste ihn eine tiefe Reue.

Was hatte er getan?

Wie konnte er, getrieben von seinen eigenen verletzten Gefühlen, so weit gehen?

Michael stand allein inmitten der Zerstörung, die er angerichtet hatte, und erkannte, dass es keinen Weg zurück gab.

Die Erkenntnis des Schadens, den er nicht nur an der Praxis, sondern auch an der Beziehung zu Bastian angerichtet hatte, traf ihn mit voller Wucht.

Er hatte sich selbst in einem Moment der Schwäche verloren und musste nun mit den Konsequenzen leben.

# Kapitel 11

Der Morgen begann für Bastian mit einer schockierenden Entdeckung, die alles veränderte. Als er bei der Praxis ankam, fand er die Tür aufgebrochen. Das Herz schlug ihm bis zum Hals, als er die Tür öffnete und das Ausmaß der Verwüstung sah.

Noch während er versuchte, die Situation zu erfassen, hörte er hastige Schritte hinter sich.

Es war Lisa, die kurz nach ihm eintraf.

«Oh mein Gott, Bastian, was ist passiert?»

Lisas Stimme zitterte vor Entsetzen, als sie den Zustand der Praxis sah. Ihre Augen weiteten sich beim Anblick des Chaos – zerbrochene Ausrüstung, umgeworfene Möbel und über den Boden verstreute Akten.

«Ich weiß es nicht, Lisa. Ich habe es gerade erst entdeckt», antwortete Bastian, während sein Blick über die Zerstörung schweifte.

Gemeinsam durchquerten sie die Räume, um das volle Ausmaß zu begreifen.

Bastian griff zum Telefon, um die Polizei zu rufen. Die Beamten trafen schnell ein und begannen mit der Untersuchung, während Bastian und Lisa versuchten, die ersten Schritte zur Wiederherstellung zu planen.

Die Hilflosigkeit, die Bastian fühlte, wurde durch Lisas Anwesenheit gemildert. Ihre Entschlossenheit, die Praxis wieder aufzubauen und die Patienten zu unterstützen, gab Bastian Kraft.

Nachdem die Polizei ihre Untersuchung abgeschlossen hatte, blieben Bastian und Lisa zurück, um mit den Aufräumarbeiten zu beginnen. Es war ein langer und emotional anstrengender Prozess, doch ihre gemeinsame Entschlossenheit leuchtete hell.

Kurz darauf traf Jan ein.

Er hatte von dem Vorfall gehört und kam, so schnell er konnte, um zu unterstützen. Seine Anwesenheit brachte zusätzliche Stärke und Hoffnung.

«Wir schaffen das, Bastian. Zusammen», sagte Jan, als er Bastian in die Arme nahm, ein Versprechen der Solidarität und Unterstützung.

An einem kühlen Morgen, der mit der Spannung der bevorstehenden Nachrichten geladen war, trafen sich Bastian, Jan und Lisa in der Praxis.

Die Polizei hatte sie für heute Vormittag zu einem abschließenden Gespräch eingeladen, um die Ergebnisse der Ermittlungen zu besprechen. Die Luft in der Praxis war erfüllt von einer Mischung aus Hoffnung und Nervosität.

Als der ermittelnde Beamte eintraf, konnte man die Anspannung fast greifen. «Wir haben gute Nachrichten», begann er, ohne Umschweife. «Dank der Beweise, die wir sichern konnten,

und der Aussagen von Zeugen, haben
wir den Täter identifizieren können,
der für den Einbruch und die Zerstörung Ihrer Praxis verantwortlich ist.»

Bastian spürte, wie Jan seine Hand
drückte, ein stiller Ausdruck der Unterstützung. Lisa lehnte sich vor, ihre
Augen fest auf den Beamten gerichtet,
als sie auf die Fortsetzung warteten.

«Sagt Ihnen der Name Michael Wagner
etwas?», fragte der Beamte.

Die Stille, die diesen Worten folgte, war
erdrückend. Bastian fühlte, wie ein
Schock durch ihn hindurchfuhr.
Michael, sein ehemaliger Studienfreund, der Mann, den er einst nahezu
als Bruder betrachtet hatte.

«Ja, er … war einmal ein Freund», sagte
Bastian traurig.

«Wir haben auch Beweise gefunden, die
ihn mit den negativen Online-Bewertungen in Verbindung bringen», fuhr
der Beamte fort. «Es scheint, als hätte er
versucht, Ihnen auf mehreren Ebenen

zu schaden.»

Die Nachricht, dass Michael nicht nur hinter dem materiellen Schaden stand, sondern auch für die Angriffe auf Bastians Ruf verantwortlich war, ließ Bastian fassungslos zurück. Die Motive dahinter waren ihm ein Rätsel, ein Gedankenwirrwarr aus vergangenen Begegnungen und Gesprächen.

Jan brach die Stille.

«Was passiert jetzt mit ihm?» Seine Stimme war fest, doch Bastian hörte die darunterliegende Sorge.

«Er wird sich vor Gericht für seine Taten verantworten müssen», antwortete der Beamte. «Wir werden alles tun, um sicherzustellen, dass Gerechtigkeit herrscht.»

Nachdem der Beamte gegangen war, saßen die drei noch lange zusammen, sprachen über das, was geschehen war, und versuchten, die neuen Informationen zu verarbeiten.

Bastian war überwältigt von einer Flut

aus Emotionen – Enttäuschung, Wut, aber auch Erleichterung, dass endlich Klarheit herrschte.

Die Tage nach der Enthüllung waren für Bastian eine emotionale Achterbahnfahrt. Die Gewissheit, dass Michael hinter den Angriffen stand, hinterließ einen bitteren Nachgeschmack von Verrat und Enttäuschung. Jan stand ihm während dieser Zeit unerschütterlich bei, bot ihm ein offenes Ohr und eine Schulter zum Anlehnen.

Eines Abends, nach einem langen Tag des Aufräumens und Planens für die Zukunft der Praxis, lud Jan Bastian ein, die Nacht bei ihm zu verbringen.

«Du solltest nicht allein sein, Bastian. Nicht jetzt», sagte Jan, seine Stimme voller Sorge und Zuneigung.

Bastian nahm das Angebot dankbar an. Die Aussicht, den Abend und die Nacht mit Jan zu verbringen, brachte ein Gefühl von Normalität und Sicherheit zurück in sein Leben, das er seit dem Einbruch vermisst hatte.

In Jans Küche herrschte eine warme, einladende Atmosphäre, als Bastian und Jan gemeinsam das Abendessen vorbereiteten.

Die Stimmung war gelöst, fast so, als könnten sie für einen Moment die Sorgen der Welt vergessen.

Später, als sie nebeneinander auf dem Sofa saßen, umhüllt von der Stille der Nacht und dem sanften Schein einer Tischlampe, fand Bastian die Worte, um Jan zu danken.

«Jan, ich weiß nicht, was ich ohne dich getan hätte. Deine Stärke, deine Unterstützung… sie bedeuten mir alles.»

Jan drehte sich zu ihm, seine Augen voller Wärme.

«Bastian, ich bin einfach nur froh, dass ich für dich da sein kann. Wir gehen da gemeinsam durch, erinnerst du dich? Zusammen.»

Der Abend mündete schließlich in eine

stille Übereinkunft, die Nacht gemeinsam zu verbringen.

Als sie nebeneinanderlagen, die Dunkelheit um sie herum, fühlte Bastian eine tiefe Ruhe über sich kommen. Jans gleichmäßiger Atem neben ihm war beruhigend, und in diesem Moment der Stille, der Zweisamkeit, fühlte er sich sicher und geborgen.

Die Nacht verbrachten sie in einer Umarmung des Trostes und der Zuneigung, ein stilles Zeugnis ihrer tiefen Verbundenheit und ihres gegenseitigen Beistands.

Es war eine Nacht, die nicht von Worten bestimmt wurde, sondern von der stillen Gewissheit, dass sie zusammen jedem Sturm trotzen konnten.

# Kapitel 12

Am Tag der Wiedereröffnung von Bastians Zahnarztpraxis schien die Sonne hell und versprach einen Neuanfang. Die vergangenen Ereignisse hatten Bastian und Jan zusammengeschweißt, und nun standen sie Seite an Seite, bereit, dieses neue Kapitel aufzuschlagen. Die Praxis strahlte in neuem Glanz, ein sichtbares Zeichen der Überwindung und des gemeinsamen Erfolgs.

Unter den Gästen befand sich auch Marlene, die – wie schon so oft – mit einem Korb voller frisch gebackener Croissants kam.

«Zur Feier des Tages», sagte sie mit einem Lächeln, das Wärme und Solidarität ausstrahlte.

Ein weiterer besonderer Besucher war der kleine Erik, der an der Hand seiner Mutter die Praxis betrat. Er hielt stolz

ein kleines Geschenk in der anderen
Hand. Seine Augen strahlten vor Aufregung und Freude.

«Für Dr. Krüger und Herrn Müller»,
verkündete er, als er das Geschenk
überreichte.

Es war ein handgemaltes Bild von der
Zahnarztpraxis, bunt und fröhlich, ein
Symbol seiner Dankbarkeit und seines
Mutes. Bastian kniete sich hin, um Erik
auf Augenhöhe zu begegnen, und
nahm das Bild entgegen.

«Das ist wunderbar, Erik. Vielen, vielen
Dank. Das bedeutet uns sehr viel»,
sagte er, die Rührung in seiner Stimme
nicht verbergend.

# Epilog

In Marlenes Café, einem Ort, der sich kaum verändert hatte und dennoch so viele Geschichten in seinen Wänden trug, saßen Jan und Bastian bei ihrem üblichen Tisch am Fenster. Die Morgensonne fiel sanft durch die Scheiben und tauchte das Café in ein warmes Licht, das die gemütliche Atmosphäre noch verstärkte.

Am Tresen stand Erik, nun ein lebensfroher Teenager mit einer schicken Zahnspange, der die Gäste mit einem breiten Lächeln begrüßte. Seine Augen leuchteten auf, als er Jan und Bastian sah.

«Guten Morgen! Das Übliche für euch beide?», fragte er mit einer freundlichen Stimme, die von seinem stetigen Selbstvertrauen zeugte.

«Ja, danke, Erik», antwortete Jan, während er liebevoll Bastians Hand drückte.

Sie hatten die Jahre gut zusammen gemeistert, ihre Beziehung war tiefer und stärker geworden, ein stiller Hafen in der manchmal stürmischen Welt.

In diesem Moment betrat Michael das Café, seine Haltung zeigte eine Mischung aus Zuversicht und Demut.

Die Veränderung in ihm war unübersehbar. Die Jahre im Gefängnis hatten ihm Zeit zum Nachdenken und zur Selbstreflexion gegeben. Mit der Hilfe eines Psychologen hatte er viel über sich selbst gelernt und begonnen, seine Vergangenheit aufzuarbeiten.

Als er Jan und Bastian sah, näherte er sich zögernd, doch sein Gesicht hellte sich auf, als er ihre freundlichen Blicke sah.

«Guten Morgen», grüßte er. «Darf ich mich kurz zu euch setzen?»

«Natürlich, Michael», antwortete Bastian, seine Stimme warm und einladend.

Die früheren Konflikte hatten sie überwunden, und es war eine Art friedlicher Akzeptanz zwischen ihnen entstanden.

«Ich wollte euch erzählen, dass ich jemanden kennengelernt habe», begann Michael, ein schüchternes Lächeln auf den Lippen. «Sein Name ist Alex, und er hat mein Leben verändert. Er hat mir geholfen, die Vergangenheit hinter mir zu lassen und nach vorne zu blicken.»

Jan und Bastian lächelten. Es war schön, zu sehen, wie Michael Frieden mit sich selbst gefunden hatte und nun einen neuen Lebensabschnitt begann.

«Das freut uns zu hören, Michael», sagte Jan. «Jeder verdient eine Chance auf Glück und Neuanfang.»

Erik kam mit ihren Bestellungen zurück, platzierte Kaffee und Croissants auf dem Tisch und warf Michael einen neugierigen Blick zu.

«Möchten Sie auch etwas?», fragte er.

«Ja, gerne. Einen Kaffee, bitte», antwortete Michael und bedankte sich bei Erik, bevor er sich wieder dem Gespräch zuwandte.

Kurze Zeit später bemerkten Jan und Bastian eine vertraute Gestalt, die durch die Tür trat. Lisa, die immer ein Lächeln bereithielt, gesellte sich zu der kleinen Runde.

Sie war in den letzten Jahren nicht nur eine unersetzliche Stütze in der Praxis, sondern auch eine enge Freundin geworden.

«Ich hoffe, ich störe nicht», sagte sie, während sie sich zu ihnen setzte. «Ich wollte einfach diesen besonderen Tag mit euch teilen.»

Während sie dort saßen, wurde Bastian von einem tiefen Gefühl der Dankbarkeit erfüllt.

Bastian und Jan tauschten einen Blick aus, der mehr sagte, als Worte es je könnten – eine stille Anerkennung ihrer tiefen Bindung und der gemeinsamen Reise, die sie so weit gebracht hatte.

«Weißt du», begann Bastian leise, während er Jans Hand fester hielt, «durch all die Stürme und Herausforderungen haben wir immer zueinandergefunden. Du bist mein Fels in der Brandung, meine größte Freude. Ich liebe dich.»

Jan sah ihn an, in seinen Augen ein Leuchten, das von Liebe und Hingabe zeugte.

«Und du bist mein Licht in der Dunkelheit, Bastian. Ich liebe dich auch.»